〔丹麦〕约翰内斯·延森◎著

张梦真◎译

希默兰的故事

海峡出版发行集团 海峡文艺出版社
THE STRAITS PUBLISHING & DISTRIBUTING GROUP | Haixia Literature & Art Publishing House

图书在版编目(CIP)数据

　　希默兰的故事/(丹)约翰内斯·延森著;张梦真译.—福
州:海峡文艺出版社,2017.8(2023.9 重印)
　　(诺贝尔文学奖大系)
　　ISBN 978-7-5550-1180-4

　　Ⅰ.①希… Ⅱ.①约…②张… Ⅲ.①短篇小说—小说
集—丹麦—现代 Ⅳ.①I534.45

　　中国版本图书馆 CIP 数据核字(2017)第 144506 号

诺贝尔文学奖大系

希默兰的故事

[丹麦]约翰内斯·延森 著 张梦真 译

责任编辑	林可莘
出版发行	海峡文艺出版社
经 销	福建新华发行(集团)有限责任公司
社 址	福州市东水路 76 号 14 层
发 行 部	0591－87536797
印 刷	福州俊丰彩印有限公司
地 址	福州市晋安区鼓山镇鼓一村福光路 189 号
开 本	889 毫米×1194 毫米 1/32
字 数	89 千字
印 张	3.875
版 次	2017 年 8 月第 1 版
印 次	2023 年 9 月第 6 次印刷
书 号	ISBN 978-7-5550-1180-4
定 价	30.00 元

如发现印装质量问题,请寄承印厂调换

颁奖辞

瑞典文学院常务秘书　安德修·奥斯特林

今天，约翰内斯·延森先生亲临现场，接受了 1944 年的诺贝尔文学奖。自 20 世纪初以来，这位伟大的丹麦作家可谓文坛的一棵常青树，也一直饱受文学界争议。他的作品生命力充沛，广受世人的赞誉。我为今日能向这位伟大作家致辞而深感荣幸，这个从日德兰骄阳炙烤的荒野中成长起来的孩子，才华横溢，让世人诧异不已，他堪称北欧最具创造力的作家之一，他文采灿然，作品包罗万象。而且在他漫漫科学研究的旅途中，还在历史、哲学等领域写出了不少作品。这些创作不仅将叙事与抒情结合，还将想象与现实交织，题材丰富多彩。

约翰内斯·延森对哲学和生物学有着狂热的爱好，而且研究得非常深入，就连他本人也难以相信。他人生的动力就在于那份不断征服的本能。他出生于日德兰半岛西部的希默兰，那里是一个非常干燥的地方，从小在那儿成长的他，对那里的民俗习惯都相当熟悉，故乡的一切已经融入他的血液里。年少时期在那里的经历，犹如心中的一泓清泉，源源不断地输送出清凉的泉水滋养着他。对家庭生活的片片回忆，是他创作灵感的宝库。他的父亲也在希默兰出生，之后成为法尔绪的一名兽医。他的爷爷则是葛莱亚的一位老织工。这样说来，延森是一个农民世家的后代。他在《希默兰的故事》中塑造了一群群原始人，他们身上充满着恐怖的、野蛮的气息，好像是一幅长长的画着原始图画的画廊。在他的诗歌里我们看到，他对自己的故乡做了精彩的描写。

通过延森早期创作的一些作品，我们还可以发现他曾经是一个热血青年。在哥本哈根上学期间，他非常憎恶庸俗和狭隘，强烈支持在野党，愿意用满腔的激情为理想奋斗。这个时候的他，显然是一个勤奋而又活跃的青年。

延森身上有着坚定的意志，内心情感十分丰富，表面上却比较冷漠，让人不易亲近。他在丹麦待了一段时间后，就看腻了那里的风景，对那里的事物也没了兴趣。于是，他貌似理智又似赌红了眼睛的赌徒，把自己的未来交托给了异国的风情之旅。他的第一次国外之旅，让他的视野得到开阔，脑中的想象力也犹如脱缰的野马般一发不可收。在他旅行的这段时间，科学技术和现代机械化引起了他极大的兴趣，让他赞叹不已。他像安徒生那样，非常热爱乘坐火车旅行，但他却很可能是第一个把这些感受用文字表达出来的人。安徒生只是个贫困的鞋匠工人的儿子，从小就梦想自己将来成为一个万众瞩目的明星，不过他并没有实现自己的梦想，却成了一位著名作家。延森曾经还对多少年后我们这如今的世界做了预言，他说，新时代将会有摩天大厦、电影和汽车出现。他1904年和1905年分别出版的《多拉夫人》和《车轮》，都是以美国社会为背景的，在其中对摩天大厦等事物反复赞扬。不过，在这之后，他又穿越到了另外一个领域里。简单来说，他不仅要穿越时间，还要跨越空间；他不仅要为这个迅速发展、机器轰鸣的现代社会唱赞歌，还要追溯到历史当中去，探索人类的本源，走进那渺茫的远古时代，专心致志地探究漫长岁月留下的痕迹。

从他的一部重要作品——《漫长的旅程》中，我们可以看见延森的内心世界。这本书一共有六册，上溯冰河时代，下至克利斯朵夫·哥伦布时期。

这本书主要讲述的是民族大迁徙的事情，从北欧人南侵一直到美洲新大陆的发现，以及斯堪的纳维亚地区民族的世界责任。虽然延森并不承认哥伦布是他的老乡，但追本溯源，他也算得上是位于北欧的伦巴第人的后裔——日耳曼混合部落人。日耳曼混合部落在公元568年侵占了由拜占庭统管的意大利，并建立了兰哥巴王国，又于公元774年被法国打败吞并了，当时法国的国王是卡尔大帝。

在这部知名的小说里，他塑造了一个人物，就是传说中的诺亚纳·葛斯特。公元995年至公元1000年，欧拉夫·托利克瓦逊王挪威王在位，诺亚纳·葛斯特在当时丹麦和瑞典两国之间爆发的战争中战死。这位勇士还曾经在宫殿中对世人诉说了自己的身世。根据冰岛民间流传下来的故事，他的寿命长达300年。但是在延森的作品中，他却活得更久，并因为阿哈斯韦卢斯以"徘徊的犹太人"而为人们所知——佝偻着腰、背着十字架的耶稣，虚弱地从阿哈斯韦卢斯家门前经过，他非常希望能够进去养伤，却被拒之门外。所以，阿哈斯韦卢斯遭到了惩罚，他永远只能够不断地徘徊流浪，居无定所。他身上代表着犹太民族，四处抛头露面，却又只能尴尬地夹杂在新老辈的人们之间。即使时光流逝，时代变迁，他却相貌不改，依旧年轻，因为他不属于这个时代，他是远古时代的人，是时代的源头。在延森看来，传统是有利的、正确的，所以他的作品中处处体现出服从传统的痕迹。有三个女性预言家，共同来到了诺亚纳的妈妈那里，向他的妈妈请求看一看她的孩子。其中一个预言家开口道，这个孩子会在这支蜡烛燃尽后立刻死亡。妈妈葛洛听到这句话后，内心十分恐慌，立刻转身把蜡烛熄灭了，并小心翼翼收藏起来。在此之后，这支蜡烛就成了诺亚纳的护身符。之后，诺亚纳时常会在国外点燃这支蜡烛，当烛光燃起时，他的眼前仿佛就出现了一个深不可测的时光深渊，像大张着口，要把他吞没似的。瞬间，生命之爱的火花又被点燃，诺亚纳也被推入了碧波绿水的家乡。

我们无法考究这些故事传说是否可信，因为我们无法通过理性和经验来考证。诺亚纳在延森的诗歌里，到底是一个什么样的人？也许，他不过是延森幻想的产物，也许他是一个具有祖先血脉、能够真切感触到在黑暗天空中的北欧的灵魂。诺亚纳手执竖琴，一生漂泊，他这样一个人，和作者之间是否有着某些不为人知的联系呢？延森赋予了诺亚纳生和死，这和当下、和永存也相关系着。走过无数的路，跨过无数的海，种种的丰富体验，结下了一颗珍贵无比的果实，那便是丰富充沛的思想。

在延森故乡的郊区，放眼望去，到处都是高低不平的坟墓，使得地平线也随之起伏不定。延森就是在这种地方长大，从小看惯了生与死，自然会去探求现实和神话之间的不同，并希望可以找到一条融合过去的影像和现实之间的康庄大道。在他的作品中，他把一切原始质朴的、诱惑的和感触丰富的人性都置于他的故乡中去熏陶。这样做的结果是，他身上狂躁的力量反而化为柔美动人的爱情。这种鲜明强烈的对比，把他的作品推到了艺术的巅峰。他的每部作品，不仅语言活泼形象，对人物也刻画得非常鲜明，字字珠玑，句句有声，让人读来神清气爽。他的声音，不仅代表着丹麦日德兰的声音，还使得北欧精神可以在历史上传承下去。由于延森的天赋才能，北欧民族在文学上又取得了一次胜利。说他是一位才华横溢的言论家，一点也不过分。

在座的延森先生在听了我的发言后，可能心里会想，我怎么可以在短短的几分钟时间内把他一生中的作品说完呢？而且还丝毫没有提及他的著名作品。对此，我想说的是，您的大作，想必在座的各位都已经如数家珍了，所以我在这里也不用多说。这一点，其实无论是对于您，还是对于我们，都是一件非常幸运的事。您是我们这个伟大的家族中的一员，也是享有很高声望的一个，所以，瑞典文学院决定把这份荣誉颁给作为家族一员的你，现在，我们有请国王陛下亲自给延森先生颁奖。

致答辞

约翰内斯·延森

今天能够获得诺贝尔文学奖这样一份大奖，我觉得自己首先要对备受人们尊敬的瑞典文学院和瑞典人民表示衷心的感谢！

今天，全世界的人们都用自己广博的胸襟，全力推动世界的科学、文学与和平快速发展，这一点，其实也是诺贝尔奖的设立者——阿尔弗雷德·诺贝尔的初衷。他是瑞典的一位伟大的人道主义者，也是一位非常伟大的科学家。他这一深邃的想法，不仅有世界意义，还让瑞典更为世人所知。他的想法早已超越了国度的界限，把遥远的东方国家涵括在内，拉近了世界各国之间的距离，这是一个非常棒的主意。

当我们提到瑞典，特别是瑞典伟大的国际知名人物时，第一个浮现在我们脑海中的人便是诺贝尔奖的始创者——阿尔弗雷德·诺贝尔。除他之外，就是著名的植物学家林奈。林奈出生于1707年，于1778年逝世，是瑞典杰出的植物学家，他最突出的贡献就是用图表的形式对自然界进行了三分类，并建立了分类学的体系，代表作是《自然体系》，共十卷。他不仅给动物取了一个最为贴切的名字，还在人们没有发现进化论时，就把人类和长尾猿、无尾猿划分为灵长类动物。他的天赋才能，来源于他身上与生俱来的对大自然，对动物，对任何一切有呼吸、有生命的物体的热爱。如果我们想读一读关于生物物种分类的书本，不管是任何文字的书籍，都必定会有林奈的名字，就连自然科学与生物学的书籍也不例外。我们一看到他的名字，就会顿时觉得精神为之一振。他身上的精神，是瑞典人民几个世纪以来就具有的，那就是对大自然的热爱。

提起林奈，有一个人就不免要说一说了，那就是查尔斯·达尔文。他不但将我们这个世界划分为两个不同的时代，在现实的人际交往上，他也是个和蔼可亲的人。他还是一个令人称赞的好父亲。他那为世人熟知的名字，一直被他第三代和第四代的子孙们沿用着。进化，对他来说，不仅仅是他毕生研究的一个严肃的课题，更是他整个生命的意义和价值所在。每天从睁眼到闭眼，他把自己看到的自然景象一点一滴都存入脑海，他也因此发现了大自然无穷无尽的秘密。

英国是一个注重现实的国家，推崇成熟、理智和高超的理解能力。整个英国国民身上都体现出一种高超成熟的智慧。正因如此，查尔斯·达尔文不断强调，要积极向推崇现实主义的英国人学习，特别是在对基本事情的思考方式上，我们应该有个简单的了解。

达尔文的物种进化论，是以林奈对物种的命名为依据的，同时又离不开北欧的人文背景。正是在这种背景下，英国和瑞典的现实主义才会孕育而生，才让我们摆好人类在大自然中的位置。

今天，借这个机会，我还要列举出和瑞典传统密切相关的一位丹麦文学家，他就是亚当·欧伦施莱厄。亚当·欧伦施莱厄是丹麦著名诗人，被泰格乃称为"斯堪的纳维亚半岛诗人之王"，生于1779年，于1850年逝世。他不仅在丹麦文坛上公开发表了诗集，还活跃在戏剧和散文等各方面。1829年，一次机缘巧合，他在露德遇到了瑞典诗人——艾萨亚斯·泰格乃。艾萨亚斯·泰格乃比亚当·欧伦施莱厄大三岁，于1846年去世，是瑞典四大浪漫主义诗人的代表，他大力推崇古典的浪漫主义，与18世纪盛行的唯物主义、实用主义、唯理主义和实验主义相抵触。他一生创作出了很多作品，主要代表作有《夫里条福英雄传》《忧郁》《阿塞儿》《向七弦琴告别》和《戴冠新娘》。

相信大家都还记得，在给他颁奖的时候，大家不仅称赞他是一位伟大的诗人，还称赞他十分讲信用。而在100多年后，也就是1929年，我有幸也在同样的城市，接受露德大学赠予我的荣誉博士学位。尽管我不是欧伦施莱厄的继承者，但我自己却认为是他的私传子弟。

贵国一向推崇自由与伟大，贵国人民身上也有着这种风范。曾经，我的同胞亚当·欧伦施莱厄站在这里接受贵国授予的荣誉博士的荣耀。现在，我也和我的同胞那样，怀着感恩的心情，站在这里接受同样的荣誉。对于贵国对我在文学成就上的奖励和赞赏，我感到非常的荣幸，也十分感谢贵国的厚爱。

目 录

希默兰的故事　1

安妮和母牛　3

黑色的窗帘　8

睡眠是我们的生命　21

塞西尔　37

沉默寡言的毛恩斯　48

耶斯巴牧师　63

三十三年　76

你当温柔，却有力量（波儿）　95

附录一　延森年表　101

附录二　诺贝尔文学奖大系书目　106

希默兰的故事

安妮和母牛

　　瓦布森会定期举办各种集市，其中也包括牛市。集市上一位老妇人牵着一头母牛安静地站着。也许是客气，也或许是为了让更多的人注意她，她和母牛总是隔着一段距离。为了遮挡阳光，她把头巾拉下来遮住自己的额头，旁若无人地站在那儿，手里也没闲着，正忙着编织着一只袜子。袜子已经快要完工了，下面都已经卷了上来。她身上的衣服看起来已经不入流了，可是却打理得十分干净。下身穿着一条蓝色布裙，上面还带着点儿染布时沾上的染锅特有的臭味。腰间的三角肚兜由褐色的丝线编就，交叉着在她微凹的小腹前打了个结。头巾都发白了，上面深刻的褶子印分外明显，应该是很久没戴过了。木质的鞋子底部已经磨损了，但鞋面上却抹了明晃晃的鞋油。老人干瘪的手飞快地操作着手中的四根毛线针，还有一根毛线针斜插在她花白的发间。她一边听着市集上传来的热闹音乐，一边看着她面前穿流而过的人群和面前等待被交易的牛。集市上马的嘶鸣，码头船只起航进港的呜呜声，江湖小贩叫卖吆喝的大嗓门交织着。

尽管身处这样嘈杂的环境，老妇人却只是安静地站着，在阳光下编织手中的袜子，丝毫不理会周遭的一切。

母牛走了过来，把鼻子靠在老妇人的手肘上，牛肚子松松地垂着，四肢张开，正在反复咀嚼着食物。这头牛已经不年轻了，可皮毛的色泽却仍旧鲜亮，可以看出来它一直被照顾得很好，从外表看，这可真是一头漂亮的母牛。除了从臀部到背脊的部位瘦得几乎露骨外，这完全可以说是一头十分漂亮的母牛了。它的乳房丰满地鼓起，上面覆盖着细软的毛发，牛角黑白分明，上面恰当地点缀着几条环形纹路。它的眼睛湿漉漉的，在咀嚼食物时总是不自觉地摇摆下颚，然后再次把嘴里满满的食物吞下去。它的脖子不停摆动着，打量着四周。当又有食物从胃里涌上来时，母牛就又开始晃动它的脖子，带着满足的神情站着，黏液顺着它大大的鼻孔流出来，它的每次吐气都像风琴在演奏低音，这恰恰显示了它的健壮。它经历过其他母牛经历过的一切，如果把它比作人的话，也算是历经沧桑的老人了吧。尽管生下了小牛，母牛却不怎么照看，甚至都不曾舔舐小牛，它只是继续安静地吃着饲草，然后忠于职守地产出牛奶。母牛站在集市上，但它的神情却像站在一个无比舒服的地方一样，一面安逸地咀嚼食物，一面拍打着尾巴驱赶周围烦人的苍蝇。捆绑母牛的细绳小心地系在牛角上，因为绑得不牢，松松地垂下来。有了这条绳子，母牛就不会乱跑了。牛的笼头已经被磨成了圆形，显得十分老旧，鼻栓也已经不见了，但好在母牛性情温驯，鼻栓也没什么用处。不过牛绳倒是换成了新的，原来的那条不但老旧，中间还有几节是断掉之后重新连接起来的。安妮婆婆想让今天的母牛看起来更漂亮些，还用原先的旧牛绳可不行。

这条母牛很适合屠宰，很快就有人被吸引过来，站在牛身前细细地查看，还不时把指尖压在牛背上。当他这样做的时候，母牛后退了点，但并没有生气。

"老婆婆，这头牛怎么卖？"这人目光锐利地看向安妮。

安妮的手仍忙着编织袜子，只是答了一句：

"这头牛是不卖的！"

她口气慎重，似是表示告诉对方谈话结束，她抬起手擦了擦鼻下，一副正在忙着、不愿被打扰的样子。

那人只得走开了，可是他一边向前走着，一边又频频地回头看那头母牛。

之后过来的是一个屠夫，他身材高大，胡子也刮得干干净净，他先用手中的藤杖敲了敲牛角，又用他厚实的手掌顺着牛背上的筋络摸了摸。

"这头牛卖多少钱？"

安妮婆婆睨斜着母牛。母牛狡黠地眨了眨眼，带着点儿孩子气地瞅着眼前的藤杖。可只一眼就转过了头看向远方，好像远方有着什么更有趣更吸引它的东西似的。

"这头牛不卖！"

屠夫身上的风衣飘在风里，下摆带着点儿牲畜的血，他听了安妮婆婆的回答后也转身走了。

过了一会儿，又来了一个想买牛的人，安妮婆婆的回答依然是："这头牛不卖！"

在拒绝了好几个买主后，安妮婆婆在集市上变得出名起来。其中一个刚刚想要买牛的人又回来了，并且向安妮婆婆开出了十分诱人的价钱。这些使得安妮婆婆十分不安，但尽管如此，她还是坚持不会卖掉母牛。

"哦？难道这头牛已经被卖给别人了？"

"没有的事！"

"那我可就不明白了，老婆婆，既然如此，那你为什么站在集市上展示一头不卖的母牛呢？"

安妮只是低着头专心地织着手中的袜子，一声不吭。

"喂！那你和这头母牛站在这儿到底是想干什么啊？"这人语气急躁起来，像是受到了什么侮辱，"这头牛真的是你的吗？"

这是什么问题？毫无疑问，这头牛绝对是安妮的。是她把这头母牛从小牛养大的，安妮婆婆开口告诉面前的人，这头牛确实是她的。她总觉得应该再说些什么平息对方的怒火，但是对方却没有给她这个机会。

"难道你站在这儿只是为了耍着人玩儿吗？"

这可真是天大的误会！安妮心里难过得无法开口。她更慌了，只能不停地织袜子，眼睛也不知道应该看向哪里。而那个人继续怒气冲冲地逼问她：

"是这样的吧？你就是为了找乐子才站在这儿的吧？"

安妮终于放下了手中未完工的针线活，走过去解开拴牛绳，准备离开。同时，她用诚恳哀求的眼神望向那个来势汹汹的人。

"这头母牛太孤单了！"她觉得眼前的这个男人是值得信任的，不禁对他说出了压在心底的话，"我和这头牛一起住在一户小小的农家里。家里就只有这一头牛，除了它再没有别的牛了。所以它一直过着十分寂寞的日子，没有同伴，孤孤单单的。我就想把它带到集市上来，起码有其他牛的陪伴，它能够觉得快活些。真的，这些就是我全部的想法了。我只是觉得我就这样安静地待着应该不会给别人惹麻烦，就擅自做了决定，所以我虽然站在集市上，但我不是来卖牛的。事情就是这样的，现在我们该回去了，就让我们回去吧！对不起了，再见，还有，谢谢你！"

黑色的窗帘

　　即使到了现在，那一群老人仍然记得那个故事。不管什么时候，每当他们说起这个故事时，故事的内容，甚至是一个小小的细节都不会改变。

　　在希默兰有一个山谷，呈东西走向，山谷间一条河静静地流淌而过，蜿蜒曲折如灵活的蛇，又像是一条四处寻找食物而爬行的蚯蚓。在河流的两岸，草原、稻田和土堤各自分布着。在山谷的南面，繁密茂盛的石楠扎根在突出的丘陵上，显得生机勃勃。而在这片贫瘠的土地上，坐落着一处村落，名为葛洛布里。

　　一百年前，在村里一户家道中落的农家，那里住着耶斯·阿纳逊。他房子的房梁都已经快掉下来了，像一匹年迈的老马一般摇摇晃晃连自己都支撑不住。但事实上，耶斯暗地里存了不少钱。一天早上，因为没来由的怒火，耶斯打了家里还不到十九岁的用人。

　　这个时候，他的女儿凯伦，正在桶里用力地搅拌着等会儿用来糊墙的黏土。时不时地从桶里探出头来查看情况。用人被打得疼了，不停地又叫又跳，还一直拼命地请求耶斯的原谅。可是耶斯却只是用手扼住用人的脖子，拿着斛树棒子继续向他的背部打去，用人挣扎着扭动，略显呆傻的脸上满是恐慌，眼睛里也闪着泪光。

眼看黏土已经快搅拌好了，凯伦开始把手上满满的泥土用力拍向墙壁。她个子很高，身材也很健壮，卷起的裙子下面，一双笔直强壮的长腿很显眼。

耶斯·阿纳逊的火气渐渐平息了，年轻的用人一面小声地抽噎，一面想要不引人注意地偷溜到牛棚里。而耶斯则一边走向正房，一面继续大声地呵斥。他细瘦的双手从皮衣里伸出来，因为怒火的余韵还在隐隐地发抖。

用人挨打之后走得飞快，从屋子里只能看到他的头巾飞快地在窗外一闪而过。耶斯·阿纳逊把斛树棒子放在走廊的角落里，走进屋子。又过了一会儿，一只在刮风时躲在桶里避风的脖子上拴着链子的狗畏畏缩缩地走出来，浑身都是脏兮兮的。

这时，凯伦直起腰，把她沾满黏土的左手拢在耳边仔细地听着。在发觉父亲的咒骂声渐渐平息后，凯伦才又继续她的工作，她先把成束的石楠放到木桶里浸泡，再把它们填入柱子上的小洞，最后再用黏土把小洞一一地抹平。

一群母鸡在水井周围散着步，不时地用爪子刨土，有时又会咕咕叫两声。

大概过了十五分钟，用人这才敢从牛棚里出来，小心翼翼地四下查看后，偷偷溜出门去。

"安东！"凯伦轻声唤着。年轻人迟疑着走过来，眼睛清澈，里面盛着满满的悲哀。他看了眼前高大的女孩一眼，然后使劲地吸着鼻涕，发出响亮的声音。

凯伦直起身体，抬起手擦了下额头的汗水。

"没事的！"她声音沉稳，语调温和地抚慰着面前的年轻人。可是这反而使得眼前的人崩溃了似的又突然大哭起来。他瘦长的身子弯曲着，塞在过于宽大的衣服里，看起来极其怪异，到了这时，他心中仍是忍不住地害怕。

凯伦心无旁骛地往墙上涂抹黏土，还不忘仔细拍打一番好让黏土粘得更加牢固。黏土的碎屑在空中飞舞，亲吻着她略显苍白的脸颊，抚摸着她略显栗色的金色头发。还有一块儿调皮的黏土球，就这么在她的一只眼睛下面安了家。

"你能把牛牵到其他地方去吗？"

凯伦的语气随意，但却不会使对方觉得不舒服。

"别再去想刚刚出糗的事情了，没什么的！"

安东似乎还没反应过来，仍旧呆呆地站着，看着凯伦用她灵巧的双手娴熟地往墙上糊黏土，没多久她就把墙变得十分平整美观了。任何一个小得不起眼的洞都被填得很完美。安东闭了闭眼，发出一声叹息后转身离开了。

凯伦对安东是十分同情怜悯的，因为他是因为她才会被自己的父亲责打的。

凯伦和一个同在一家农户工作的年轻人感情很好，两个人互相爱慕着，但无奈的是，凯伦的父亲对此强烈反对。

这个在农户工作的年轻人名叫劳斯特，他就住在山谷的那头。

劳斯特的父亲是尼尔斯。尽管是家里唯一的儿子，劳斯特的手中却没有什么钱，是因为他的家庭穷困吗？不，大家都知道，尼尔斯先生是非常富有的，但同时他的吝啬小气也是出了名的。有人曾经看到过马车走到他家门口的时候四个轮子都冒了烟，可尼尔斯先生也绝对不会大发善心给车子上点儿油。而且他似乎隐约知道耶斯·阿纳逊事实上也是个有钱人，但嘴上还是声明说他绝对无法容忍男女之间有逾越界限的事情发生。

吃中饭时，餐桌上的气氛十分沉重压抑。耶斯·阿纳逊一人在餐桌的一头坐着，脸上仍是未消的怒火，他一面剥掉马铃薯的皮，一面又把皮放在餐桌边缘上拼命地摩擦。

大家都屏着呼吸不敢说话。

他的妻子在餐桌和厨房之间穿梭，一副十分忙碌的样子。她戴着头巾，遮掩着自己的额头、脸颊甚至于嘴，脸上除了深刻的皱纹外，看不出任何情绪。

安东吃马铃薯时，都不敢伸手去蘸点儿佐料，在咀嚼猪肉和马铃薯时，也尽量保持绝对的安静。

"你吃马铃薯为什么都不蘸黑醋呢？"耶斯·阿纳逊突然一脸不高兴地说，还用他餐具的刀柄不停地敲打着餐桌。

安东受了惊似的弹跳起来，立马在刀尖儿上插上一块马铃薯，颤抖着手挪到放着黑醋的碗上空，小心翼翼地蘸了一下。

凯伦用行为清楚地表达着对父亲的不满，她在把食物送进口中，或者咀嚼的时候，会故意露出牙齿，还弯着背吃饭以免看到父亲，还一次性地往嘴里塞进满当当的食物。

柔和的阳光从天际倾泻下来，笼罩着窗边懒洋洋的天竺葵。那条被叫作帕索普的狗，因为没有人喂它食物，正发出呜呜的哀鸣，拉扯得那条缚在它细细脖子上的铁链子也叮当作响。

下午的工作是搬运堆肥。凯伦需要把堆肥从槽里搬到车上去，她一个女人做的活儿能抵上两个男人。安东驾着牛车，阿纳逊则负责沿途播撒肥料。随着牛的行走，拉绳被带动着不断发出声响，车上堆积着的满得要溢出来的肥料也随之掉落，顿时，整个农家全是阿姆尼亚那难闻的恶臭。

　　到了太阳落山的时候，耶斯·阿纳逊这才宣布暂时停止工作，打算去村子里看看。他就这么沉默着，拿起自己的外套，迈着满是怒气的步伐走向了山谷，很快就在山谷中不见了。

　　五分钟后，安东从农户里走了出来，手上拿着很大一块儿面包。他沿着河流走着，边走边啃着面包，面包吃完后，安东这才觉得吃饱了，之后，他跑了起来，飞快地在山谷间消失了。

　　又过了一会儿，大概有半个小时吧，劳斯特穿着平时就穿着的有补丁的西服和简陋的木鞋，就这么邋里邋遢地来了。他个子很高，几乎够得上国王护卫的标准了，但现实是，他只是个在农家里干着农活的普通小伙子罢了。他的腿长而瘦，略显仓皇地塞在裤管里，脸颊也显得分外瘦削，像是被刀斜着切割出来的似的，下巴上没有胡子，倒是显得利落许多，眼中满是掩盖不住的不满。凯伦走过去牵着他的手带他到了客厅。

　　"欢迎你啊！"农夫的妻子嘴上这样说着，可是头巾下的表情，却与她口中的欢迎之词不甚相符。

　　大家围坐在餐厅周围，没有人说话。随着天色变晚，屋子里也渐渐暗了下来。忽然不知从哪里飘过来一阵香味，这香味很奇特，仿佛本来就存在于这间屋子里一般，而不是外面飘进来的。

　　很快，农夫的妻子就开始谈论正事。三个人刻意压低了嗓音，小声地商议着什么。不一会儿，农夫的妻子走出屋子，拿了个烛台回来放置在餐桌上。

讨论了很久，事情还是没有个结论，时间渐渐过去，农家主人也快要回来了。

凯伦拿出了啤酒、面包一类的食物来招待自己的情人。

"我真的要走了！"劳斯特一边说着，一边站了起来。

"再多吃点再走吧！"凯伦的声音里满是掩不住的失望，手上加快了摆放刀叉的速度。

"真的不行！"

劳斯特站在那里，不停地晃着手中的帽子，烛光忽明忽暗，照在他的衣袖上，显得上面的折痕更加深刻了。他的手腕很长，至少应该有八厘米吧。农夫的妻子不停地打量着面前的人，在心里承认了这是个强壮的年轻人。老妇人戴着头巾，目光在年轻人和女儿之间徘徊着，而凯伦却只是沉默地站着。

大家都有点儿不知所措，只能这么沉默着。

老妇人的脸被头巾遮挡着，隐在黑暗里，显得有点儿阴森，她抬起干枯的手，对年轻人说："劳斯特，我自然是不会强迫你的，但是现在谁也不知道下一步会发生什么，所以你还是先不要走了吧！"她的两只手分别拉着面前的两个年轻人，目光在他们之间流连，最后又重新定格在劳斯特身上。也许是因为害羞，凯伦的头低得更厉害了，像是勾在胸前了似的，劳斯特则艰难地扯了扯嘴角试图笑一下，最终却失败了。

"都到了这一步了，老头子不同意你们也不行了！"老妇人说服自己一般不住地重复这句话，一边还不忘招呼劳斯特多吃点儿。

"劳斯特！你再多吃点！"

劳斯特站在那儿像在思考着什么，过了一会儿才重新坐回去，开始品尝面前的食物。

没过多久，屋子外的石阶上响起了低沉的木鞋声。

"是父亲回来了！"凯伦紧张起来，手不自觉地抓紧了劳斯特的肩膀。

"咔嚓"，门开了，耶斯·阿纳逊走进来，一如既往地弓着背。劳斯特顿时慌乱起来，赶紧放下餐具，咽下满嘴的食物，抬头看向阿纳逊。耶斯·阿纳逊生气得说不出话来，就这么站在门口，不说话也不动。老妇人默默地收着桌子，不敢出声，脸上的表情再次消失，留下满脸的木然，像失去了生机一般。"你这个厚脸皮的混蛋，怎么敢在我们家吃饭！"耶斯·阿纳逊被自己的怒气激得直哆嗦，不停地怒骂着，"出去！你这混蛋敢赖着不走，我就把你打出去！你还想干什么？看看你的样子，要死不活地连站都站不稳，还穷得叮当响！你信不信我一个小拇指就能把你扔出去！你这个窝囊废，给我滚，赶紧给我滚！"

耶斯·阿纳逊进门后，发泄似的抄起木棒用力敲打着铺着黏土的地面，他被气得浑身不住地颤抖着，劳斯特拿起自己的帽子，打算暂时回避。他戴上帽子往外走，到门口时回头看向还在发着火的阿纳逊，一脸愤然地说："你这个乞丐似的老头倒是试试看你有没有这个能耐把我打出去！"他激动起来，"该死的老头儿，我这辈子都绝对不会再踏进这道门一步的！再见！"说完，他重重地甩上门，发出"嘭"的一声巨响。

劳斯特走了，就只剩下屋里可怜的母女承受老头子的怒火了。

耶斯·阿纳逊憋着满肚子的火，只能拿他可怜的妻子出气，他挥着木棒，掀掉老妇人的头巾，露出里面已经秃了顶的头皮，上面只有稀稀落落的几根头发围成圆圆的一圈，显得分外凄凉。面对丈夫突如其来的毒打，她老实忍受着，没有一丝反抗，只有痛得实在受不了了，才会发出一两声凄惨的哀鸣。

凯伦坐在折叠床上冷眼看着，这些年来，她看够了这些父亲打骂母亲的场面，可是一次都没有上前阻止，无论有多过分，眼前这个行为暴力的男人毕竟还是自己的父亲。

教训完了妻子，耶斯·阿纳逊走向床边的凯伦。

"这次我可要好好教训你们一顿！"

"不！爸爸！别这样！你真的忍心打我……"这个高大强壮的女孩，被吓得不停地发着抖。

耶斯·阿纳逊最终没有动手，只是清了清喉咙，朝地上吐了口痰，眼里喷火地看着凯伦，恨铁不成钢地吁了口气，无奈地走向了走廊。

他放下手中的木棒，坐在桌边。

"如果下次再犯，我可不会像这次一样轻易放过你！"他咬牙切齿地说，"最好再也不要让我看见那个半死不活路都不会走的混蛋！再也不要让我看到他！那个天杀的混账东西！"

农夫的妻子沉默着重新戴上头巾，把脸包得像埃及的木乃伊一样，然后开始往餐桌上摆放晚餐。

她用黄铜做的夹心钳子取下蜡烛快要燃尽的烛芯时，浑身止不住地颤抖着。

她忙碌地在厨房和餐桌间来去了很多趟，身上的裙子里面像是有什么圆锥形的东西支撑着似的，都没怎么飘动。

安东悄悄地溜进屋子，把自己缩进餐桌边的椅子里，好像怕被人注意到似的。他一边飞快地吞咽着牛奶麦片粥，一边不安地来回瞟着，眼睛里满是惊恐，来回乱转的眼睛像摇来摆去的狗尾巴似的一刻都不消停。

　　这件事情发生后，耶斯·阿纳逊对凯伦管得更严了，时时刻刻的监视几乎让凯伦无处可躲。更过分的是，这个固执的农家主人干脆连安东都辞退了，他自己和凯伦包揽了家里和田里的所有工作。

　　就这样，两个月来，劳斯特和凯伦都没有见上一面。

　　劳斯特有了新的策略，他认识到解决问题的唯一方法就是赚钱，一旦有了钱，他未来的老丈人自然就没什么话说了，他也能更理直气壮地向凯伦求婚。

　　于是在秋天的时候，劳斯特就到荷休塔因去找了一份牧牛的工作，所做的就是先把牛集中在荷布罗，然后再把牛群赶到伊塞荷乌的市集上卖掉。这份工作的收入还是很让人满意的，以后也许还能找到更体面的工作，被这样的想法激励着，即使干着很累的活儿，劳斯特也觉得心情分外愉快。

　　这些牧牛的男子们不停地挥舞着鞭子驱赶牛群，走过一个个陌生的村落，细密的雨一直下着，他们身上也没有什么遮挡物，就这么暴露在雨中。尤其晚上的时候，路都被雨水淹没了，牛和人走在雨中，牛步伐缓慢不急不躁，但对于穿着木底长靴还要涉过田间的牧牛人来说，这段旅程就显得十分艰难了。因为天色漆黑，常常会有牛迷路，有的还会掉进水沟，跨过土堤，或者随处乱跑。对于这些脱了队的牛，牧牛人得把它们一头头重新找回来。这些牧牛人都曾做过农活，都是快活的年轻人。晚上，他们会趁着夜色唱歌，或者在黑暗中互相大声喊叫，一直到每个人都喉咙沙哑。不论白天黑夜，他们都不曾停下脚步，耳朵里充斥着的除了牛"哞哞"的叫声和牛蹄敲击地面的声音，就是牛尾拍打讨厌的蚊虫的声音。但是一天中，他们也会去找个客栈歇脚，喝点儿酒，然后躺在稻草上休息一番。

一天晚上，牧牛人在斯卡纳波亚北方的一家旅馆歇脚，他们把牛群用长长的绳子圈在了院子里。

在还没到旅馆前，劳斯特已经相当疲惫了，但他还是努力地挥着鞭子，偶尔还得用脚驱赶牛。坚持着完成了工作，劳斯特终于走进旅馆。这时他又累又饿，却不知从哪里突然传来一阵争吵声，争吵的内容不堪入耳，然后又有一阵尖锐的叫声传来。劳斯特辨别着声音的方向，跑了过去，只见一具黑影横在旅馆门口的地上。这时，门被人用力地推开，一个人提着灯，灯光照亮了眼前的一切。躺在地上的是一个一起牧牛的同伴，他痛苦地抽搐着，一柄大刀横插在他的咽喉中，鲜血不停地从伤口处喷出来。

劳斯特抬起头，听到长靴急速拍打满是泥水的地面的声音从远处传来，劳斯特猜测那应该就是正在逃跑的凶手了。

那个被刀插中的牧牛人最终还是死了。因为命案发生在旅店，店里的人都必须接受必要的调查。

几天过去了，在一个早晨，劳斯特放弃了工作，从稻草堆里逃跑了，并踏上了回家的路。两天后，他又回到了那个村庄，回到了他父亲身边。

几个月过去了，劳斯特和凯伦重新像过去那样偷偷见面。耶斯·阿纳逊对此一无所知，还一厢情愿地认为一切都很顺利，因此也就放松了对凯伦的监视，想让自己看起来显得开明慈祥一些。他心心念念着想给凯伦安排一桩好婚事，对周围优秀的年轻小伙子留心起来。

十一月时，这两个人都来到了教堂。瞒着什么都不知道的耶斯·阿纳逊，许久未见的凯伦和劳斯特偷偷地在教堂门后见面了，两个人互诉着对彼此的思念。

下个星期天时，经过耶斯·阿纳逊的同意后，凯伦独自一人又来到了教堂。见到劳斯特后，他们交谈了很长时间，之后又沿着河散步。

星期一黄昏时分，有人在河边看到了劳斯特。他一个人沿着蜿蜒的河流走了几个小时之后，才终于过了桥。晚上，他站在凯伦的家门口。

耶斯·阿纳逊独自坐在客厅里享用晚餐，桌上燃着蜡烛，厨房里不停传来他的妻子敲打泥炭的声音。烛光闪烁着，投射在窗户玻璃上，窗帘是黑色的，挂在窗子的一头，从阿纳逊的方向看过去，整扇窗户就像黑板一样黑漆漆的。

外面突然传来一阵急促的叩门声，耶斯·阿纳逊循声看去，竟然是劳斯特推断了挂钩，闯进了阿纳逊的家！而劳斯特的眼睛里闪烁着不寻常的光。

"你这个穷酸的混账东西！"一看到他，耶斯·阿纳逊就气不打一处来，"你敢坐下来试试看！"

突然，劳斯特拿出了一直藏在背后的武器——天！那竟然是把锋利的斧头！

耶斯·阿纳逊吓得面色僵硬，他眼也不眨地盯着劳斯特手中的斧子，一边匆忙地穿过餐桌和椅子之间的缝隙，想赶快离开这个危险的地方。他想推开门躲到厨房里去，可却突然遭受了沉重的一击——竟然是他怯懦的妻子拿着搅火棍站在那里，她的脸隐在黑暗里，表情晦暗不明。

"老天爷啊！"耶斯·阿纳逊双手掩面，发了疯似的狂叫着。

劳斯特顺势上前，抡起斧头的斧背处，斜着打向他的脸部。经过这一下，耶斯·阿纳逊的脖子失去支撑似的低了下去，身子都软了。

耶斯·阿纳逊已经站立不稳了，他痛苦地呻吟着，垂着头拼命挣扎着来到门口，使出浑身力气推开了门。这时，早早就站在门外黑暗中的凯伦，手里举着锄头，上来就给了耶斯·阿纳逊的下巴猛烈的一击，劳斯特又走上来，在他的后脑补了一斧头。

耶斯·阿纳逊的身体摇摇欲坠，不住地发出微弱的呻吟声。过了一会儿，他重重地倒了下去，抽搐了几下就再也没有动静了。

劳斯特丢掉斧头，迈开腿从尸体上跨过，走向凯伦。他的右手穿过她的裙子，拽着凯伦的一条腿，左手挡在她脖子后面，抬起凯伦快步走进屋子里。

老妇人慢吞吞地走出厨房，神色呆滞地看着地上倒在血泊中的丈夫。她没有走近，而是拿出了钳子修剪昏暗的烛芯，客厅顿时亮堂了许多。

她呆站着，手上握着那把钳子。在她过去漫长的一生中，恍惚中她总能听到一个声音在她的脑海中叫嚣："把钳子刺进耶斯·阿纳逊的眼睛吧！"这样的念头一直诱惑着她。她一直在想，或许这就是命运的安排吧。

可她最后还是没有这么做，准确地说，现在再做什么都没什么差别了！她沉思着，之后把钳子搁置在了烛台的台盘上。

在过去那漫长的日子里，她的心被压抑得够久了，这下终于解放了，她的心中满是满足和喜悦。她浑身无力，眼角瞥到餐桌旁的三脚架上的赞美诗，于是伸手拿过来，坐在椅子里读着。

门开着，门外一直通到走廊深处。蜡烛微弱的火焰已经变成了黄色。老妇人的脸被头巾遮挡着，只在脸上余下一片阴影。她看着手中的赞美诗，时而张嘴念出声来，时而只是低声默念……

第二天，作案的三个人全部落网，被押到荷布罗接受审判。他们的杀人手段极其残忍，又没有刻意隐藏尸体，所以审判很快就结束了。三个嫌疑人对所有的一切供认不讳，审判最终决定判处劳斯特死刑，母女二人则将被终身监禁。

一月的某一天，刚下了雪，满目所及尽是一片银白。劳斯特即将在葛洛布里的旷野中被执行死刑。因为好奇，附近的民众都聚拢过来，想看看行刑的场面。

在行刑的前几个小时，劳斯特的情绪很不正常，不停地哭泣。等到他的头终于被砍下来，他的父亲，站在人群中靠前的位置的尼尔斯，匆忙拨开挡在前面的人们挤到断头台前。他穿着未经染色的粗毛线织就的毛衣，头戴一顶变了色的毛毡帽。看得出来他已经上了年纪，身体都不住地颤抖着。

老尼尔斯的脸上长着几撮稀疏的白色胡须，他用平静又满是恭敬的语气询问法官：

"我能拿走我孩子的木鞋吗？"

断头台上的他儿子的木鞋是全新的，鞋子周围钉着一圈坚固的铁钉子。按照惯例，死者的鞋子应该归执行死刑的刽子手所有。

睡眠是我们的生命

　　除夕的晚上，卡比农场的年轻人们按照从很久前延续下来的习俗，拿着尿壶挨家挨户拍打大门，还不停地在门前转悠。在接收了好几户人家的招待后，他们大都有了些醉意，可这时他们却又想起该去光顾一下山那头的农场。

　　湖畔农场的这群年轻人跟那户农场在以前有过过节，他们想借此机会把问题给解决掉。去年的除夕，这群人在那边农场进行了无聊的恶作剧，可最后却反过来被整了，搞得灰头土脸又丢人到家，不过他们的恶作剧也确实过分。那时正是傍晚，节日气氛很浓，农场的人们都早早地停工围在桌边开始享用甜粥，餐桌上一派和睦的气氛。可突然间，厨房的门被推开，一个染布用的锅从天而降，正好落在桌子中央，更糟糕的是，这个染锅里面装着满满的沙土，落在桌子上的一瞬间，沙土就飞得到处都是。正在用餐的人们被呛得不断咳嗽，可又都一头雾水，不知道这到底是怎么一回事。过了好一会儿，沙土才渐渐落下去，农场的人们在灰土中摸索了好久，才终于弄清楚发生了什么。可想而知，对这群坏小子，他们不但不会摆上酒食招待，反而抄起了武器，冲出去准备修理那群淘气鬼。那群坏小子一把锅子扔进去就赶快跑掉了，可是农场主人的儿子们也不是好打发的，他们紧紧地追在后面，毫不放松。这些成年男人们的速度可比小伙子们快多了，这群年轻人才刚逃到湖边，后面农场的人就跟上来了。眼看着就要被追上了，除了下水也没有别的办法，不得已，年轻人们只得跳到了湖里。这些恶作剧的年轻人都精明得很，事先想到了会发生的所有情况，一个个脚上都套着长靴子，有的靴子还是木底的，而那群农场主人的儿子们因为是匆忙之间追出来的，还穿着在室内的袜子，脚上也只有一双木鞋，显然是不适合下水的。这些农场主人的儿子们平日里安逸惯了，耐心也出奇的好，最后干脆来了个守株待兔，在岸边站了好几个小时，一点儿没有离开的打算。那天晚上冷得出奇，几乎已经达到了降霜的程度。水里的年轻人发现水已经漫过了木靴，冷得让人难以承受了。

农场主人的儿子们也许是想打发打发时间，也许只是为了暖暖身子，他们不停地挥舞手中的鞭子和木棒拍打水面。不幸的是，激起的水花借着风力，一点不落地溅到了湖中的年轻人身上，他们的衣服也变得湿漉漉的了。小伙子们顿时生气了，大声地叫喊着表示不满。可是这非但没有引起农场主人儿子们的同情，他们反而落井下石地捡了地上的石头和土块，重重地砸向水面。很快，小伙子们的身上就全湿透了，他们气得破口大骂。可是农场主人的儿子们像是没听到似的，只是站在那里看笑话。最后，小伙子们不得不低头求饶。

这件事一出，每次过节的时候，大家就会拿这件事来笑话他们。于是他们下定了决心今年一定要想个狠点的法子，好一雪前耻。这是些性格豪爽有活力的年轻人，其中一个想出了一个绝妙的法子，大伙听了都拍手称好，当即决定就这么做。

　　如果想搞清楚这个玩笑到底哪里有趣，我们就得先了解一下住在山冈那边农场的人们的特点。这个坐落在卡比湖北边的农场很独立，跟外界完全隔绝开来。在很久以前这里也有一个农场，位置上要更靠西一点，可是那个农场早就不存在了，只留下一些上面长着野玫瑰的破篱笆，一些种着橄榄的土堆和几株歪歪斜斜的西洋李树。跟这个村子不同，湖东面的卡比村是个非常先进的村子，在人们的记忆里，那里是修通了道路之后才慢慢发展成这样的。但山冈农场的人却不这么想，他们认为离开祖宗留下的土地到别处去生活是可耻的，于是他们就一直住在原地，继续遵守着那些古老的不合时宜的习俗。他们过着自己的日子，对卡比村的新式街道和那些新鲜事物完全不感兴趣，但他们的生活同样富足。

　　山冈农场的人都很爱睡觉，行动也总是很迟缓，他们的这种习惯已经到了人尽皆知的地步了。他们只要得了空就会躺倒开始睡觉，反正家里孩子也多，根本用不着担心活儿会干不完，当然也不用雇用别人。当碰到非做不可的事情时，他们就开始打哈欠，双手无力地戴上没有帽檐的帽子，然后像蜗牛似的缓慢移动。他们的头上甚至永远都粘着床上的稻草和棉絮。他们总是感到疲倦，像是永远都睡不醒似的，也许是没有了被子会觉得冷，他们的身体总是不停地抖动着。他们心里惦记着的只有睡觉，当路上有人跟他们打招呼，他们才勉强撑开眼皮，可是却得花上几分钟时间才搞得清自己是在哪里。他们吃饭的时候也是迷迷糊糊的，要在白天动手干农活和做其他的事情对他们来说简直是一场噩梦。

夏天的时候农场里没什么活儿，这座农场里的人就都走出去，开始在太阳底下睡觉。不管是什么地方，也不管太阳光是不是太强烈了，大家都丝毫不在意地只管睡。农场的主人头靠着墙壁张开腿脚睡着，他的一个儿子选择了放磨刀石的角落，另一个睡在了马车里面，第三个则全身呈十字形地倒在了门槛上，好像再多走几步都会要了他的命似的。男人们横七竖八地睡在外面，妻女则睡在里屋，眼睛上爬满了小憩的苍蝇。

　　这座农场的人们的衣服只有一边会褪色，这是因为他们睡觉时懒得连翻身都觉得多余，总是拿同一边对着太阳。因为他们太爱睡觉了，就连长相都显得与众不同，这些都是因为睡得太多的缘故。比如农场主人的耳朵后面长了一个大大的肿瘤，就是睡觉的时候挤压出来的，他的妻子则是一边脸肿得很高，也是因为睡得太多，脂肪都堆在了那一个地方。他们的孩子们的耳朵和脑门上都长出了头发一样的东西，这种在一般人看来绝对可怕又奇怪的长相却被他们认为是福相，不用说，这肯定也是因为睡得多了，头发不受约束，想长在哪里就长在哪里。这些农场主人的儿子们个个都是高大魁梧，可就连把马车套在马上这么一项简单的工作，没有一个小时也是绝对完成不了的，因为他们早就忘记这工作该怎么做了，最后只得不了了之，把工作放下继续睡觉。就连雷雨交加的日子，他们也能拿铁锹当枕头，随时随地睡过去，只要他们愿意，所有的地方都可以用来睡觉。

　　农场的这群人实在是落后得很，他们的任何地方都显得又旧又破。房子像是远古时期流传下来的遗址，墙壁上涂抹的还是粗土坯，屋顶也低得站不下人，就连日常使用的农具也都是其他地方早就淘汰了的旧样式。比如说，他们的犁还是木制的，唯一难得的应该是去年的时候他们终于把短柄的镰刀改成了长柄的。其实就他们这样懒散的性格来说，长柄的镰刀更适合一些，但是新式农具他们又用不习惯，最后也只能废弃不用了。农场里养的动物也和这农场一个德性，不是老就是瘦，皮毛也稀稀落落的，牛几乎产不出奶来，马则尽是些劣种的，瘦小得不成样子。对这种看起来完全不像话的生活状况，农场的人们却非常满意，他们都不是什么讲究的人，这样的生活对他们来说刚刚好。妇人们总是用角落里吊着的很大的锅子煮饭，里面永远是黑乎乎的燕麦粥，绝不可能是其他的什么东西。这是因为很久以前，他们的祖先在生活穷困的时候一直吃的就是这种食物，这些人承袭了这个习惯，一点想要改变的意思都没有。他们把燕麦粥煮得又黏又硬，甚至只要主妇把粥甩到墙上，粥就会立刻粘在墙上，人们挖下来就直接可以吃。如果有人看到这座农场的人们的生活，一定会难以理解他们为什么永远疲倦，又为什么对未来没有一点点憧憬。

农场主人的大儿子在服兵役时曾经做过国王的侍卫，他的经历也算有趣，真要说的话，几天几夜也说不完。军中例行检查时，长官命令他脱掉上衣，可他竟哭了出来。从入伍的第一天一直到最后一天，他一直沉浸在没有来头的悲伤中无法自拔，干什么都有气无力的，而他退伍的理由竟是得了精神恍惚症，据说泪腺也有问题。他的这次经历使得农场的其他孩子想到自己也得服兵役，就止不住地害怕，也因为这件事，农场里的孩子们常常被人嘲笑。去年，卡比的小伙子们被逼得躲在湖里差点冻死，而那些被认为是胆小鬼的农场主人的儿子们却只是站在岸上看他们笑话，还发挥了绝对的耐心和忍耐力逼得他们举手投降，这使得他们的屈辱感更强烈了，发誓绝对要百分百地报复回去。

卡比的年轻人到达湖对面时，离行动的时间还早，山冈农场里的灯都还亮堂堂的。他们走着，正好经过一座孤零零的小房子，里面住着名叫玛莲的老寡妇，为了打发时间，他们就在屋子外为老寡妇演奏了一段音乐。老寡妇高兴极了，十分激动，于是她走出去道谢，又跟他们说了新年快乐之类的祝福话，最后还邀请他们进去喝杯茶。

"进来坐坐吧，这房子小是小了点儿，可还是挺暖和的。"

年轻人们一进屋子，就看见一本书摊放在书桌上，上面还摆着一副眼镜。

"啊！我这儿也没什么好东西招待你们！"年轻人们进屋后，老寡妇突然说，"难得啊，我这个老婆子住的地方，也会有人拜访，可是我都没准备什么东西招待客人！"

"您太客气了！"带头的年轻人说，"我们这儿有瓶酒，请问您这里有面团吗？"

"面团？你们要拿它下酒吗？"

"不！我们只是需要一些面团，柔软一点的！"

"哦！面团啊！"玛莲像是知道了些什么，用洞察一切的语气说，"是恶作剧用的吧，这可真是出人意料，行！面团会给你们的，但能告诉我你们要拿它粘些什么吗？谁是你们的目标？"

这可是绝对的机密，年轻人们对玛莲的这个问题都不太愿意回答。玛莲婆婆的面团很多，可是大部分都已经变得又干又硬了，上面满是裂痕。"加点水热一热吧。"玛莲婆婆想出了这么个主意，变得兴奋起来，"啊！好极了！"年轻人们一边喝着酒抽着烟，一边等着面团变软。

"不知道杂货店关门了没有……"带头的年轻人沉思着。

"都这时候了怎么可能还开门！"玛莲婆婆回答得很干脆，"肯定关门了！"

年轻人没有说话，想着下一步的对策。

"那您有纸吗？能不能给我们一些？"

"有！要多少有多少！不过你们的恶作剧到底是要干什么啊？"

"我们需要很多，但不是写字用的！"

"你们来看看！"玛莲婆婆一边大声说着，一边从抽屉里翻找出各种纸，有火柴盒的包装纸，有被拆开抚平的纸袋的纸，但更多的是写字本上的纸。玛莲婆婆一边把这些纸递给他们，一边向这些年轻人递了个狡猾的了然一切的眼神。她也算是这次恶作剧的参与者了吧，尽管她并不知道具体的计划是什么。大家商量之后决定把这些碎纸片粘在一起，变成一张大纸，这时候刚好面团也变软了，这项工作也正式开始做了。玛莲婆婆站在旁边默默地看着，渐渐地猜测出了八九分这张大纸的用途，可她却没有说出来，因为她觉得这样事情才会更有趣一些。她越发兴奋起来了，心里抑制不住的愉悦感像要飞出来似的，她紧紧咬着没了牙齿的两排牙龈，控制着自己不要笑出来，全身止不住地发颤，最后终于忍耐不住地倒在了椅子里。

这时，大纸也已经粘好了，出门勘察情况的年轻人也回来了，山冈农场的灯已经熄灭了，行动可以开始了。于是他们跟玛莲婆婆道了谢，告了别，并祝她晚安之后就离开了。玛莲婆婆什么也没说，只是把他们送到门口。可等年轻人们刚一离开，屋子里就爆发出了一阵惊天动地的笑声，像公鸡报晓似的，在很远的地方也能听得一清二楚。

当他们到达这座农场时，里面黑漆漆一片，人们都睡得死沉死沉的，除非用炮轰，否则他们绝对是不会醒的。但尽管如此，这群年轻人的行动还是十分小心谨慎。他们仔细谋划了一个小时后才正式开始行动，他们要做的，就是用刚刚粘好的纸把农场里所有能透进光的窗户全部封住。好在这座农场的窗户不多也不算太大，除了正对庭院的方向有两扇窗，还有就是橄榄树旁边的一个采光窗户，总的工作量并不算大。年轻人的工作做得很是细致，没有放过任何一道细小的缝隙，连钥匙洞都被封得死死的，一丝光都别想透进来。做完这些，年轻人憋着笑，轻手轻脚地离开了。

因为是新年前一天，山冈农场的人们在前一天睡得晚了一些，所以就这么一直睡到第二天新年的时候也没醒，要知道睡觉对他们可不是什么难事，就算没有年轻人的恶作剧，他们也能一直睡下去。到了第二天下午，这些瞌睡虫才一个个醒过来，打着哈欠，睡眼惺忪地四处张望，发现四周还是黑得伸手不见五指。天还没亮呢！他们这样想着，翻个身就又睡过去了。又过了一天，农场主人第二次醒过来，意识到有些不对，这一觉睡得似乎出奇的长，他这样想着，打算出门看看是不是要天亮了。这时正是傍晚，外面天色正暗，农场主人眼里看到的仍是黑漆漆的一片，于是他就以为自己搞错了时间，又一次回到卧室。这时，他的孩子刚好也走了出来，揉着眼向父亲询问时间，农场主人摸着钟表的指针，回答孩子道："才七点钟。"可是要知道，冬天的时候，早上七点和晚上七点的天色可是一模一样的。

"才七点吗？"孩子咕哝着，"我已经没什么睡意了，我可能是生病了，肚子饿得很！"

"是吗？"老父亲劝着他们，像要安慰他们似的说，"别打扰大家睡觉，你们再试试看能不能睡着，天亮了再带你们去看病。"

说完，农场主人又钻进被窝继续睡觉。可他自己也觉得饿得有些受不了，想想又觉得可能是心理作用，这么想着，农场主人就又睡过去了。这时他的妻子也醒了，躺在那里打了个哈欠，不大一会儿，大家就又睡着了。

新年前一天那晚，一个年老的牧牛人也留宿在农场里。他对这个始终保持不变的老旧的农场很有好感，所以农场的人也对他很是热情。牧牛人在那天到达这里后，在这户人家的招待下吃了一顿丰盛的晚餐，还唱了首歌来答谢大家的招待，然后就被安排到一张折叠床上休息。大家都睡着后，他也睡过去了。那天晚上农场主人确认时间的时候，牧牛人只是翻了个身咕哝了几句。等大家第二次睡去的时候，牧牛人也没有再发出过声音，沉沉地睡着。

可是要让那些畜生也保持安静就不那么容易了，这点也要安排好了才行。这么个让人兴奋的计划可不能因为这些小问题给毁了。于是卡比的年轻人留下来几个仔细查看了农场的烟囱有没有烟冒出来，还有一些人专门绕到农场里给牛喂了足够多的饲料以防它们半夜饿的时候会叫起来。他们连一点点的小细节都没有放过，全部安排得妥妥当当的。

话说山冈农场的人又安安稳稳地睡了一夜，又过了一天才再次醒过来。但是他们这时都清醒得很，肚子也空空的。农场主人从床上爬起来摸了摸钟表的针，才八点！原来我只睡了一个小时啊，农场主人这样想着。孩子们睡够了之后都格外兴奋，但是时间怎么会过得这么慢？大家都觉得这实在是太奇怪了。他们在黑暗中笑着闹着，还学猫咪发出"喵喵"的叫声，玩得不亦乐乎，女孩儿们则在被窝里胡乱蹬腿，学着母牛发出"哞哞"的叫声。老牧牛人也醒了，同样精神饱满，他在折叠床上不停地翻身，嘴里哼着小曲儿自娱自乐，后来唱得越来越大声，像是在给大家表演似的。他偶尔会咽咽口水，然后发出舒服享受的声音。农场的孩子们都叫着闹着请求他继续唱歌，他不知道该怎么回答，因为他觉得在这种时候，安安静静地享受黑夜才是最合适的选择。那些年轻的小伙子们有了黑夜的遮掩，说话越来越肆无忌惮，笑话也开得越来越离谱，让人哭笑不得。

"安静！"农场主人走进卧室，对孩子们命令着，"今天虽然是新年，是个值得高兴的早上，可你们闹得也太过了！"

受了教训，孩子们都安静下来不敢再打闹了。过了一会儿，农场主人清醒了些，对身边睡着的妻子抱怨道："我肚子饿得很，也渴得很！"他忘了孩子们就在隔壁，完全听得到他的话，这不，他话音刚落，孩子们就乱糟糟地附和起来。

但他的妻子是个冷静又有原则的女人，她觉得自己的丈夫今天有点儿不太正常。"别吵了！"她呵斥着隔壁的孩子们。可是过了一会儿，隔壁却传来了咀嚼食物的细碎声音，她惊得跳了起来，马上过去查看，她一直禁止孩子们吃屋里挂着的香肠和羊肉。他们一定是偷吃了！果然是这样！

"你们真该感到羞耻！"她气得大叫，"你们这是什么行为！躺在床上吃火腿？你们真该觉得羞耻！"

孩子们也对自己的行为感到羞愧，都闭着嘴不说话。农场主人的妻子坐在床上，突然觉得自己的肚子也饿得很，急需吃点儿什么。

她这么安慰自己："老头子刚刚不是也说了饿吗？也许，新年的时候在床上吃顿早点，不是什么太过分的事吧。"跟丈夫商量之后，她摸黑进了厨房，准备拿一些食物回来，她对厨房可太熟悉了，根本用不着点灯就能在里面随意行走。她旋开桶栓，把啤酒倒进一个大玻璃杯子，然后端着食物走了回去。说实话，在床上一边吃早点一边说话也是颇有趣味的，他们就这么不停地说着，一点都不想停下来，记忆里好像没有哪个早晨是这么快活的。大家都说觉得昨晚实在漫长，好像过了几天似的，想起今天应该是新年了，还互相说了些节日时的吉祥话。吃完了那些食物，大家还是肚子没饱似的，农场主人的妻子就又特别允许他们可以到仓库拿各自喜欢的东西。大家更雀跃了，都光着脚板，在黑暗里又从厨房拿回来很多面包奶酪之类的，继续在床上大吃特吃。炉子里的火早就熄灭了，屋子里阴冷阴冷的。一个女孩想到隔壁去取点儿火，可是大家都嫌麻烦，懒得陪她去。肚子填饱了，屋子里暖和起来还需要些时间，大家谁也不愿起来去取火，最后又都沉沉地睡了过去。

他们在第三天傍晚醒过来的时候，说什么也睡不着了。几个儿子终于推开门走了出去，站在黑暗里观察着天空。天空似乎完全没有放亮的趋势，这夜可真是太漫长了。这时农场主人也披上衣服到外面去喂牛。牛的精神不错，正卧在地上反刍，马匹也是一副温顺满足的样子，奇怪的是，装饲草的箱子几乎都要空了，这太奇怪了，农场主人搞不明白这是怎么回事，这事儿也不能跟别人说，难道说是妖精做的？这种话说出来别人一定会觉得他疯了。

天色还很暗，除了睡觉，他们不知道还有什么其他的事可做。孩子们无论如何都睡不着了，就要求点上灯好在床上玩扑克，可是女主人却驳回了他们的这个请求，又没有什么特别的理由，非要点蜡烛做什么？

　　但对于这些精力旺盛的年轻人来说，要他们静静躺着绝对是不可能的。他们中的一个不停地摆动着自己的屁股，其他人看了也爬起来跟着做，还不停地哈哈笑着。老夫妇一边责怪孩子们不顾礼仪做出这种令人难堪的动作，一边却也对他们忍俊不禁。女孩子闷在棉被里笑着，哼哼哧哧的声音像是从遥远的地下传上来的。大家都睡了太久，这时候都兴奋不已。黑暗的房间里爆发出一阵阵笑声，大家都开心极了，尽管好像并没有什么特别值得开心的事情。大家就这么在床上聊着天，笑着，还裹着棉被滚来滚去，精力像是用不完似的，他们像一群孩子似的扭打在一起，时而又会哈哈大笑。女孩子们互相挠对方的痒，像春天的小猪似的兴奋不已。他们叫得口干了，就把被子里的啤酒喝光，然后又想出新法子来打发这漫长的黑夜。

　　年迈的放牛人也积极地参与，跟着大家笑着闹着，他先是高声演唱了一首他最擅长的歌，这首歌若是在平时，如果只有一个铜板或者半截香烟的奖赏，他是绝对不会开口的。这首歌带着点不正经，可是配上这黑漆漆的夜晚倒是再合适不过了。这首歌把气氛推向了高潮，一时间，整间屋子都被笑声淹没了。

　　之后，老牧牛人又给大家出了谜语，这谜语有趣得很，答案好像就在眼前，可怎么抓也抓不到。这个老牧牛人身有残疾，却很健康，他躺在黑暗里比比画画，一边滔滔不绝地讲着故事，自己却不笑。那个故事很精彩，他的声音也像和弦一般，虽然他嘴里牙齿都掉光了，舌头上长满了泡，嘴边的胡须也长得像杂草似的，却给人一种他的声音像是从黑魆魆的泥坑里流出的泉水的感觉。

可是不大一会儿，老牧牛人就发觉，他说了这么多都是白费力气。孩子们早就自己玩闹去了，根本没注意到他。他只好闭嘴躺着，嘴里呼噜噜地吐气，像是打铁之前，鼓风机将空气送入火炉时才会发出的声音。他意识到，光靠语言已经不够了，要有点特别的行动那群小子们才能重新注意到他，所以他一直冥思苦想着要进行一个什么样的恶作剧才会更吸引人。孩子们还在发着疯，早不记得他了，也没人注意到这个老人在黑暗里做了些什么手脚。突然，黑暗里传来他的叫声，那声音像头老山羊似的，同时，他的手不停地朝着四周摸索，最后竟从屋子下方的洞穴里抓了只麻雀出来，他抚着麻雀走过来，用力把它掷到了床上。

麻雀受了惊吓，不停地拍打着翅膀想要飞出去，床上的孩子也被吓得仓皇失措，惊叫连连。突然又有什么东西跳到了床上，定睛一看，原来是那只吃饱喝足的猫，拼命地想跳起来捕捉麻雀。女孩子们被这些突然的惊吓搞得傻了眼，好不容易才定了神，又大笑着在床上滚作一团。麻雀趁着黑漆漆的环境，在床上到处乱跳，发出锤子敲打地面一样的声音，猫则挥舞着爪子，在后面拼命地追赶，因为速度太快，一不留神还结结实实地撞上了墙壁。孩子们手忙脚乱，狂呼乱叫，费了好大的力气，几乎要把猫脖子扭断了才捉住这只四处乱跑的猫。孩子们搂紧了猫，把它压在被窝里，不停地抚摸着，可猫却一点都不买账，像个被点燃的火药桶似的跳了起来，想张嘴去咬麻雀。孩子们不停地大笑，嗓子都变得嘶哑了，尽管很是痛苦，还是抑制不住兴奋地大叫。而老牧牛人则弯着背又回去睡觉了，他本来也想加入孩子们一起玩闹的，可仔细想想还是放弃了。他开始模仿鸟儿们的叫声，那声音动听极了，就像布谷鸟在傍晚停在树枝上休息时发出的满足的咕咕声，老牧牛人自己似乎也陶醉其中了，他几乎以为自己就是一只布谷鸟，正沐浴在清新的露水中，等待着太阳升起的那一刻，待到人们开始从睡梦中醒过来，它便重新开始歌唱。听着那声音，你似乎能感受到阳光倾泻在身上时暖洋洋的感觉。他就这么一直吹着极具吸引力的口哨，长长的手在黑暗中摆动着，一时间，关于自己年轻时的记忆都涌上心头，虽然这些事已经过去了太久太久，但对他来说这些都是他最宝贵的财富。他的心里像有风拂过般，一瞬间年轻了许多，他不停地学着鸟叫，浑然忘我地倾听着，很久才沉寂下来，整个人都飘飘忽忽的，不知自己身在何方。

那些孩子们从麻雀身上得到了极大的乐趣，又想找点儿新的乐子，他们从来没有这么放纵过。这种时候，芝麻大的事情都能让他们笑得停不下来。他们只是需要一个借口让他们可以继续疯下去，完全不在乎那些乐子有多的粗鄙。孩子们都疯狂地大喊大叫，他们觉得能这样肆无忌惮地疯狂简直是天大的乐趣，他们确信这种乐趣能让他们活得更加有生气。

那个最小的孩子想要展示才艺，于是他走下床，在毛毡上学残疾的老牧牛人走路，他用绳子绑起自己的一条腿，在黑暗中一跛一跛地走着，却不出声，完全沉浸到自己的游戏里去了。农场主人躺在床上，滔滔不绝地讲着他卖牛时要诈骗人的经历，可是似乎没有人在听，尽管如此，他还是说得很高兴，自言自语地停不下来，过去对于生意上这些不厚道的行径他是绝口不提的，可现在有了黑暗的遮掩，他突然就不怕了，没有任何心理负担地讲了出来，他从没这么轻松过。唯一没有参与这场狂欢的是农场的女主人，她觉得这有损她当女主人的威严，她躺在床上冷眼旁观着这一切，也懒得去一一制止，这样看着，她越发觉得神奇，她的丈夫完全变了一个样子，孩子们的疯狂也让她觉得困惑，他们像是终于摆脱了束缚的野马似的肆意妄为，她从来都不觉得享受快乐是生活中必不可少的事，而现在，这些人疯了似的折腾，像是从没这么高兴过似的。

农场的女主人却一点也高兴不起来，她觉得自己的权威已经被动摇了，可现在大家都放纵着，她只能先忍耐着，以后再慢慢想办法重新树立威信，还有她的丈夫，别看现在快活得很，将来也一样得领教领教她的厉害，否则就只剩下她哭的分儿了。她躺在床上，暗暗地为以后做着打算。这个时候没人注意到女主人一直是沉默着的，大家都快活得像要飞起来似的。

他们这下真的像是只在新年的早晨才醒过来的"丹麦的贺鲁卡"了。

他们再次醒过来的时候已经接近中午了，洗漱完毕穿好衣服后，他们便一起到了教堂，奇怪的是，那里一个人影都没有。一开始他们以为是自己来得太晚了，之后却发现教堂的门上上着锁，一时间，他们都搞不清楚是怎么回事。

一个卡比的爱管闲事的年轻人突然出现了，告诉这群人今天已经是新年的第三天了，而不是他们以为的新年，所以他们认为的弥撒已经过去了。这个卡比农场的年轻人还说，连续两三天都没看到他们屋子里冒出炊烟，大家都被吓了一跳。小伙子还想继续说些什么，可山冈农场的人再也没有勇气待下去了，直接道了再见就急匆匆地走了。回去的时候，大家的心情都很低落，一想到他们竟然睡了三天，别人都过完了年，就再也没有之前欢快的心情了。他们一转过身，背后就传来一阵笑声，传到山冈农场人的耳朵里，简直刺耳极了，他们觉得这群人真是没教养到了极点。

他们回到家后，检查了屋子，窗户上除了一些遗留的面团和纸什么也没有，好像早早地就被人撕了下来。而事实是，那群年轻人在一月二号的时候，看到农场里一整天都一片寂静，心里开始忐忑不安，生怕这些人睡死了，于是又偷偷溜过去查看。到了近处，他们吃惊地发现农场里一片喧腾，像在开舞会似的吵吵闹闹，所有的人都在狂欢，响声震天，他们顿时就放下了悬着的心，带着诡计得逞的笑撕下了窗户上粘着的纸，销毁了作案的证据。

这件事过后，山冈农场的人在假日的时候再没有露过面，每到那个节日的冷得能把人冻僵的晚上，他们就只能待在屋子里，听着卡比农场传来的欢笑声度过漫漫长夜。

塞西尔

临近峡湾的农户里住着一个老男人，人们都叫他矮子安东。他年纪已经很大了，头发花白，却还是个没结过婚的单身汉。这都是他太过小心谨慎的缘故。尽管每次相亲他都会把自己打理得很体面，还会特意穿上正式的长靴，可结果往往都不尽如人意。四五十年间，也曾有过一些独自支撑家计太过吃力而想找个男人的寡妇跟他表达过想要结婚的意思，可是……

1864年的战争结束后，矮子安东终于下定决心要结婚了，一切都已经准备妥当了。这个女人实在没有什么好挑剔的，她身体健康，也没有什么坏习惯，唯一的不足就是她住的地方跟沼地离得太远，以致每次运煤的时候，都会有一边的煤掉在路上，不过这种事倒也正常。

寡妇家里有一个男仆，是矮子安东的外甥，也被叫作安东。

几年前的时候，矮子安东的兄弟到哥本哈根闯荡，在那里曾经历了一些不寻常的事，尽管听起来不可思议，却都是真实的。住在那道峡湾的人世代以捕鱼为生。大一点的农舍一般是用石头砌成的，房顶尖尖的，上面还盖着一层稻草。农户们都养成了一次性熏制很多鳗鱼的习惯。那时候的年轻人都要参与捕鱼，等到他们的年纪足够大，还要接过父母手中的房屋和土地，负担起地里的农活。这些年轻的农夫在捕鱼时往往会遇到台风，每当这时候他们就会到不熟悉的地方暂时躲避，也因为这个原因，他们到过许许多多不同的地方，比如沙林克和吉田，甚至更远的地方他们也去过。于是这些年轻人就用货车载着熏制的鳗鱼到拉纳斯去贩卖。这里充满了成功的机会，难怪安东的兄弟也踌躇满志地想到这个地方寻找机会。

但是二三十年后，他却满是失意地回到了家乡。据说，他刚到哥本哈根的时候，在一家店里做学徒，后来自己单干，经营过一家干货店和一家酒店，他并不是没有赚大钱的机会，可最后也许是阴差阳错，他最终没赚到什么钱。

对啦！他回来的时候，除了一个孩子，什么也没带回来。因为饮酒过度，他的身体和脸上都是不正常的浮肿，脸也总是红的，这些就是他之前的经历留给他的所有东西了。

人们都称呼他"哥本哈根佬"。回来两年了，他一直住在哥哥家里，除了喝酒之外无所事事，常常有人看到他对着峡湾的流水一边喝酒一边流泪，这让他几乎成了苦闷凄惨的代名词。

某天早晨，一个渔夫在收网的时候发现情况和平时不大一样。他满心欢喜地以为下面一定是条大鱼，谁知拉上来后才发现下面竟然是那个"哥本哈根佬"。他就这么挂着渔网上，像条鲱鱼似的死去了。

出了他兄弟的这么一件事，矮子安东彻底打消了结婚的念头，长靴子也收进阁楼再不打算拿出来了。而他兄弟留下来的那个孩子，他准备当自己的孩子抚养长大，收养的手续也不复杂，交了钱之后，相关的法律文件什么的也顺顺利利地办好了。

矮子安东干脆就叫这个孩子安东。二十岁的安东已经是一个高大的小伙子了，下巴突出，神情傲慢，做起事来很利落，空闲的时候就抽支烟唱首歌，聚会上也一定会玩到尽兴，但是因为他的个性中有某些残暴的因素，他在人们中间并不怎么受欢迎。

在矮子安东突然去世后，作为侄子，安东得到了他所有的财产，便决定给自己找个老婆。

第一次是当他还在拉纳斯当骑兵的时候，塞西尔果断地拒绝了他，那时他正在跟同伴学习英语，还故作洒脱地用英语宽慰自己："没关系！"之后，他就又咬着烟斗走向其他人家，继续寻找愿意做他新娘的人。他就这么一路走着问着，一直走到峡湾半岛的最远处，所有的回答都是拒绝，尽管如此，他起码还算是个有钱的小伙子。

这个峡湾半岛的结构有点儿特别，这儿住着的人也很特别。跟其他地方的人不太一样。这里有两个家族掌握着最多的土地，他们祖祖辈辈都居住在这儿，从血缘上来讲，这两个家族也算是亲戚，几乎可以说是一个家族了。但是他们却用着不同的名字，一个是马雪家族，另一个则是阿尔雪家族。这两个家族的人生性平和，从不与人为敌，但偶尔也会做出一些出人意料的事情。

安东脚蹬时尚的胶底鞋，依次到各家各户拜访，但最后大多数人都表示做父母的不好勉强不想嫁给他的女儿来当他的新娘，以此作借口来委婉地拒绝他。

塞西尔拒绝他的原因，除了一方面是因为他好吹牛的坏习惯，还有另外一个深层的原因。塞西尔是两大家族之一的马雪族的女儿，她跟自己的表兄克里斯丁——住在她家附近的一户姓阿尔雪的大户人家的儿子——私下里关系很好，也曾经互相表达过对彼此的爱意。他们平日里也常常在一起相处，但是最近却都互相回避，他们之间肯定是出了什么问题。

塞西尔是个漂亮的女孩，虽然她已有二十四五岁了，却是个黑发碧眼、身材玲珑有致的十足的美女。她的身材丰满，低下头做针线活时，下巴都能抵到乳房，连她的呼吸声都极具魅力，充满着无穷的活力。她高兴的时候会尽情地大笑，但这些时候是不多的，大多数时候，塞西尔是冷美人的模样。

安东在到塞西尔家里求亲之前，曾经在朋友面前大肆炫耀过，还夸下了海口一定能娶到塞西尔，可最后却惨遭拒绝。这让安东郁闷得很，他索性约了一大批年轻人驾着马车去喝酒，一群人最后都醉得不成样子。安东回想起之前的拜访没有一家是顺利的，难过之下越喝越多，心情糟糕到了极点。但是对塞西尔而言，她可是一点也没把安东当回事，而且最讨厌别人把她和安东凑在一起。

安东每当听到别人议论塞西尔和克里斯丁的感情深厚的时候，心里都会郁闷。除了继续酗酒唱歌之外，他最近又找到了新的发泄方式，就是驾着马车狂奔乱撞。他的叔叔矮子安东曾经精心饲养过两匹红鬃马，一点点地用大麦把它们喂成了两匹大红马，大家都知道这两匹马的前脚都有伤，但安东却丝毫不怜惜它们，这也遭到了大家的鄙视和不满。

这时突然发生了一件事，山冈的另一头有一家小户人家的女儿怀上了孩子，他们一口咬定孩子的父亲就是克里斯丁，而克里斯丁对此也并不否认，承认是自己一时糊涂犯下的错，还同意了对方提出的每月十克罗尼的赡养费的要求。这点钱对富有的克里斯丁来说根本就是九牛一毛，这件事在克里斯丁看来也是微不足道的小事。但不幸的是，这事传到了塞西尔的耳朵里，这可不得了了，塞西尔揪着这件事情不放，拿它大做文章。事情传出去的第二周，克里斯丁像平常那样到马雪家找塞西尔，可是塞西尔却突然对他破口大骂。克里斯丁极有耐心地劝慰塞西尔，拼命地解释，甚至还摆出了他们的婚约来祈求塞西尔的原谅，可塞西尔却不为所动，继续羞辱着她未来的丈夫。"那个穷酸的女孩儿得漂亮吗？""她的脚是不是又脏又难看？""你都闻不到她身上的臭味儿吗？"塞西尔的语气带着鄙夷与不屑，脸上还挂着刻意又虚假的笑。接着她又拿出扑克牌来，要为他们两个占卜。在场的朋友都不知道该怎么劝解他们，不知所措地站在原地。众所周知，这是很古老的游戏了，提出问题后，牌面上如果显示为红心 A，就表示答案肯定。

塞西尔占卜的第一个问题是："你们在哪儿见面？客厅？寝室？还是在床上？或者床下？"

最后算出的结果竟然是床下！塞西尔放声大笑，在场的客人也跟着笑起来。塞西尔继续占卜第二个问题，客厅里安静下来，没有一点儿声音。"你们约会的时候坐的是老鼠拉的两轮车吗？你们住在破木板搭起来的小木屋里吗？你们在一起的时候干些什么？是亲嘴，互相抚摸，还是搂在一起翻滚？"

克里斯丁被这样侮辱着，怒气冲冲地坐着却发作不得。塞西尔报复够了，放声大笑起来，克里斯丁再也忍受不了了，从椅子上站起来，头也不回地走了。

"喂！你忘了带走你的手套！"塞西尔大声叫喊着追上来，"你该不会是打算从此用女人的胳肢窝取暖吧！"

很长一段时间内，他们之间的事都是人们茶余饭后的谈资。

之后不久，塞西尔和马雪先生穿戴齐整，驾着马车准备去拜访亲戚，顺便把五头猪送到渡口边上的酒店里。

他们到达渡口的时候，刚好碰到安东。这个求婚屡次失败的年轻人，正醉醺醺地从里面走出来，走路摇摇晃晃的。他一抬头就看到了塞西尔父女华丽的马车，还有马车后面塞满了的一整笼子的猪，他感到十分惊讶。

"喂！你们这是准备搬家了吗？"安东打了一个酒嗝，继续问道，"我可知道得清清楚楚，"他提高音量，"是因为那个小孩吧！"

"你说话注意着点儿！"马雪先生用低沉的声音严厉地警告安东。

安东不屑一顾，大笑起来，笑声回荡在走廊里，显得分外突兀。他突然摇晃着跑到他停着马车的屋子里，爬上马车，吓得两匹马浑身发抖。

"有什么好怕的！两个笨蛋！"

安东抓紧缰绳，拿过挡泥板上的马鞭，举起来。随着"驾——"的一声大喝，马车就猛地冲了出去。

站在一旁的马雪先生气得直翘胡子。已经有点儿松动的车轮，受到拐弯时产生的巨大冲击力，像是再也承受不住似的脱离了车身，在地上弹跳了几下之后，干脆地滚入了一旁的地沟。之后失去了一只轮子的马车也像被风吹着似的"轰——"的一声倒在地上。车上的安东也被惯性扔了出去，在空中划过一道弧线后重重地摔在地上。马还在跑着，后面拖着破败凄惨的马车。

马雪先生似乎是想笑，掩着嘴咳嗽了一声来掩饰笑意，过了一会儿才突然反应过来，一边叫着"不好"，一边赶忙跑过去。

塞西尔在一旁笑得几乎直不起腰，也跟着父亲朝门口走了几步，可又忍不住捂着肚子笑起来。

安东醒来后，塞西尔语气严厉地批评他："你怎么能那样飞似的驾车呢，不要命了！"

"塞西尔，你不懂！"安东一脸消沉，说道，"我只是心里难过，这样可以让我忘掉心里的悲伤，如果……"

安东的话突然被打断了。马雪先生已经准备出发了，安东也好了很多，就站起来把他们送到马车边，马雪先生递给安东一枚钉子。

"我们都好得很，你还是少说话的好，省得又惹我发怒，记着点儿，我这次就放过你，再有下一次的话可就没这么客气了。"

马雪先生严厉地盯着安东，一副极具威严要好好教训他的样子。

之后，他们就重新上路了。

克里斯丁又到马雪家找过塞西尔几次，很耐心又小心翼翼地劝说塞西尔，还带着两人能够和好的侥幸心理，可是塞西尔一点儿也不买他的账，一句话都不跟他讲，直接走进厨房就再也没出来过。

安东在复活节又上门拜访了，这次他注意没有喝酒，把自己打理得有模有样，他又一次向塞西尔提出了结婚的请求，塞西尔最终答应了。

马雪先生得知后强烈反对，可他的反对没起到任何作用。他们直接订了婚，还顺便决定在一个月后举行婚礼。

马雪先生拗不过女儿，只好随她去了。

订了婚之后，安东和塞西尔才度过了他们的初夜，当地人家结婚都是这么做的，作为马雪家族这样古老而保守的家族，对于这种习俗当然是要绝对无条件遵守的。

结婚之后九个月，他们的第一个孩子出生了，生产之后反而治好了塞西尔从小就有的气喘的毛病。

他们举行婚礼那天，安东喝得酩酊大醉，婚后也常常喝醉，也更加喜欢驾着马车到处乱跑，这简直都成了一种习惯。一个月不到，他就弄伤了好几匹无辜的马儿的前脚，他驾着马车的时候，还总爱带着塞西尔，两个人在这件事上倒是天生一对，一个比一个玩得疯狂，甚至有一次一起灰头土脸地从马上摔了下来。

安东残暴的性格在婚后体现得越来越明显，在宴会上也常常吹牛乱扯，让人讨厌。他每到一个地方，就大吹特吹没完没了，有点儿年纪的人都对他的这种行为直摇头，也没人愿意跟他来往，可这丝毫不能影响安东，他照样四处炫耀，向人们强调自己有多富有。大家对他的行为不耻，也都知道原因，但不太跟他计较。

而塞西尔呢，她骨子里也是爱慕虚荣的，还有点儿常人理解不了的神经质，她对丈夫给自己带来的耻辱做出的反应十分奇怪，不但不制止劝说他，反而鼓励他采取更粗暴更过分的方式，她对自己丈夫所有的出格行为都表示理解，还给丈夫出主意怎样才能让事情变得更加不可收拾。

一天下午，因为前一晚在宴会上疯狂地玩乐而十分困乏的安东还在睡着。塞西尔在这时走进了寝室，寝室外面等在客厅里的朋友们听到寝室内塞西尔讲话的声音，内容听得不太清楚，但语气听起来可不大好，塞西尔的声音又尖又细，像是尖锐的钉子刺向自己的丈夫。责骂的声音持续了很久，突然，丈夫刚睡醒而显得低哑的声音响起来，又是一阵争吵后，里面传来了椅子砸在地面上的声音。

这对夫妻，对于管理财产简直一无所知，也像是听不到别人的议论似的我行我素，而且两个人相当不合拍，安东说了"七"，塞西尔就一定会说"十四"。安东如果疯狂地驾车，塞西尔就会更加用力地挥鞭子。

曾经有一次，安东在一个摸彩活动的现场一掷千金地买下了二百克罗尼的奖券，这样不理智的举动惊得人们目瞪口呆，可以看出来他已经醉得不清醒了，叼着烟斗的嘴不停地抖动。安东身边的塞西尔也开始买奖券，比她的丈夫还要疯狂，也买得更多，完全不关心能不能中奖。即使奖品只是一双长靴，她也反应过度地大声欢呼，她满脸的汗水，不知是因为激动还是害怕。旁边的人看到她这么堕落的样子，都无奈地叹息着，甚至为她的不爱惜自己流了泪。

他们大把地花钱，买了一堆没用的东西，可坐在马车上时，安东却又发疯似的把奖品都扫到了地上，然后突然紧了紧缰绳，吓坏了可怜的马儿。

他们的马车速度很快，快得车轮都像是脱离地面飞起来了似的。安东满身戾气，像是恺撒附身似的用力地挥舞着手中的鞭子。他们的马车经过的地方，房子的窗户都被震得直响。塞西尔穿得很华贵，黑色外套上还镶嵌着很多珍珠，脸上的表情也跟她外套的颜色一样冰冷，完全看不出她心里究竟在想些什么。

两人结婚还不到一年半，原本很富足的房子和地产就全部被他们败光了，他们花钱的速度简直令人难以置信。那段时间，猜测他们花钱的方式又成了人们闲聊的内容，一点都不意外的，最后他们还是破产了，沙林克的人也出席了他们的拍卖会。

没了钱，他们只能寄住在一户农民家里，在这期间，塞西尔生下了他们的第三个孩子。

　　尽管没钱了，安东喝酒的习惯还是没有改掉，在别人眼里，他已经完全没救了。安东好像是在把自己往错误的方向推，就像自己在一点点走向无边无际的黑洞一样。安东的头发天生就是直立的，眼睛里也满是红色的血丝，更体现了他暴虐的性格。现在的安东就像被一种力量缠住了似的，他已经完全没救了。

　　在他们搬家之后，安东留下妻儿，一个人到史奇威去了，开始的时候还是上进的，在码头上找了一份正经的工作，可是后来本性就压抑不住了，整日躺在火车站里无所事事。塞西尔在走投无路的情况下带着孩子搬回了她老父亲的家，这对要强的她来说简直是奇耻大辱。这时候，远在史奇威的安东，正在和一个女人同居。

　　塞西尔的想法还是那么不可捉摸，如果有人出于安慰地数落安东的行为，塞西尔就会两眼充满仇恨地盯着对方，拉着一张脸，眼睛里像是要射出箭来似的。如果有人表现出了对她的同情，塞西尔就会发出那种让人毛骨悚然的大笑声。

　　某一天，安东突然回来了，少见的没有喝酒，但本质并没有什么改变，不到三十岁的年纪，却像被海水泡了很多天似的全身肿得不成样子，脸上也坑坑洼洼的。安东陪着孩子玩着，泪水不知不觉爬满了他的脸。

　　第二天，马雪先生向女儿正式表达了他对于女儿一家都住在自己家里的不满，塞西尔对父亲的话没有任何表示，但是两星期后，她带着全家搬到了条件简陋的山冈地区。在那里靠织布养活全家，安东就待在家里，拖着完全垮掉的身体，什么事情也做不了。

　　塞西尔有时候会思考命运的神奇。她当初的不懂事和固执让她毁掉了自己的一辈子，她只一味地反对眼前的生活，一点也不关心以后的生活。很多人都为她不值，为她感到可惜，可她本人却并不这么觉得。塞西尔从未仔细思考过自己的将来。她想不明白很多事情，也没有人真正了解她。

日子一天天流逝。

塞西尔在山冈上织着布，她织的布已经得到了很多人的喜欢。她认真地打理着手中的细线，专注地织着布。

沉默寡言的毛恩斯

"时代不同了，农民谈恋爱也要讲究浪漫了，跟上流社会有得一比！"嘉思汀这样说。她正在和其他的女人聚在一起忙着为迎接即将到来的圣诞节准备食物，虽然忙碌，气氛却是十分愉快的，嘉思汀的黄铜镜框的眼镜架在头巾外面，她一边忙着做灌肠，一边回忆着自己年轻的时光。

"现在的夫妻可没以前的那些规矩了，相互之间还能说说心里话。在外面的时候非得戴上金戒指来炫耀，众目睽睽之下也敢互相亲密地爱抚，做出很多让人脸红的动作。还经常牵着手出门散步，一起听听鸟儿的叫声，那心情该有多美啊！现在的人书也读得多，就连牧师也跟从前不一样了呢。我们那时候啊，大家都觉得农民都是背负着满身罪恶的，不然的话，请求宽恕还有什么用？而且，现在的人也更能同情人了，这一点是极好的，最好能一直保持下去。现在社会的人都很有人情味，这对我们这些普通的农民来说可是一件大大的好事，这在我年轻的时候是绝对不可能的，那时候的我们什么都不知道，在跟官员们打交道的时候也会不知所措，能保护好自己就不错了。要知道本能是最不可靠的，要靠它活下去简直是不可能的，或许这就是当时最令人苦恼的了。可是时代不同了，现在的人连生孩子这种事都觉得是负担，他们在结婚的时候还会想很多乱七八糟的问题，比如，双方是不是真的相爱啊？两个人是不是门当户对？在他们看来，所有事情都能成为问题。我这一点可比他们好多了，我可从来不会想这些事情……"

嘉思汀婆婆说着，突然提高了音量，像只下了蛋的母鸡。

"不过……"她往袋子里塞着香肠，还不忘在上面扎几个洞挤出里面的空气，嘉思汀婆婆以一副过来人的口气继续说着，"像我们这样的平民百姓，对什么事都不会不满，更不会到谁跟前去抗议什么，一件事是对是错是好是坏，谁也说不好，书上也写不清楚的，所以啊，就让它自己慢慢发展好了，别去过多地干预。我们只要做好自己该做的就行啦。说起这个，我倒是想起玛吉尼来了，她是住在史丹贝索克的尤斯特的女儿。哎，说起来，玛吉尼几年前就已经不在了，你们这些年轻人，怕是没人会知道她的事情，更别说见过她了。

"我想跟你们讲讲玛吉尼的事……我们就从头开始讲吧，先说结局可不是什么好主意，那样对你们没有任何好处，我的故事也算是白讲了。如果你们以后遇上了跟玛吉尼一样的事，希望你们能想出更好的办法来吧。

"说起玛吉尼啊，她的性子可是倔得很，整个史丹贝索克都找不出来比她更倔的了，可她也是顶漂亮的。另外这个女孩子的思想也特别，她总是说她以后只会跟她爱的人结婚，别的人想都别想。作为村里最漂亮的女孩子，小伙子们都把她当梦中情人，一个个都想把她娶回家，可玛吉尼一个都没同意。玛吉尼心里根本没怎么考虑结婚的事情，她总觉得还早。可是事实上，她已经不小了，也确实该结婚了。

"我那时在思特纳思列给一户人家做女佣，倒不是因为在乎那点儿报酬，主要还是我想开开眼界，了解了解上流社会到底有多了不起。那时我只有十六岁，正是好奇心最旺盛的时候，别人谈论什么事我都听得仔仔细细，就算是离得很远的地方的事情，我也会打听清楚了记在心里。我想多知道点儿事情，好等我老了可以有故事跟别人讲。

"我对玛吉尼了解得很，发生在她身上的所有事情我都知道，那件事情虽然隐秘，可是在当时大家也都是知道的，却没有给出一些不堪入耳的评价，玛吉尼本人也并没有觉得多么羞耻——现在那些人也都不在了啊。玛吉尼，在圣汉斯节的时候，就在那天晚上，被强暴了……"

嘉思汀突然停了下来，目光扫过面前这些女孩子们的脸，点了点头。女孩子们都发出了惊讶又疑惑的叫声，小声地感叹着，一边又好奇地看着嘉思汀婆婆，希望她再讲得多一些。可是嘉思汀反而不说话了，享受着她们好奇又着急的表情。

"是的，她是被强暴了！"嘉思汀对女孩们的反应极其满意，终于又开口讲下去，"也确实发生在圣汉斯节那晚！这可是五十年前的事了啊，那时战争还没有结束，那天晚上，我也跟着去了史丹贝索克，在那里大家介绍了一个同样在农户工作的年轻人给我认识，那可是我第一次跟异性接触，当然也成了我的最后一次。我们在认识了好几天之后才终于开始了我们的第一次约会，当然进展得这么慢的大部分还是因为我们两个人都是害羞内向的性格。要知道那时候的年轻人可比不上今天的开放，彼此都是很腼腆的。但什么事都有例外，我还听说过有个年轻人因为太受欢迎了，女孩子们围着他争着抢着想要亲吻他，年轻人被吓坏了，不住地求饶，最后承诺了送给女孩们一瓶烈酒才终于脱身。

"大家介绍给我的那个小伙子也很胆小。我们虽然处了一段日子，约会也进行了几次，可是见面的时候还是会脸红。这一点可是和接下来要讲的这个男人完全不一样。这个男人叫毛恩斯，他做的那些事儿可绝不是一个胆小鬼能做出来的，不过也不能因为这个就说他是阴险小人。他的出身倒是干干净净，父母都是普通的农民。他年轻的时候不爱说话，整天闷着头只知道干活。不过幸运的是，他跟他为之工作的那户人家相处得很好，大家其乐融融的，所以他不爱说话倒也不是因为什么悲惨的事，而是他觉得没什么事是需要他必须开口说话的。讲了这么多，反正你们只要知道他不怎么说话就行了。

"毛恩斯安静得让人惊讶，我这一辈子都没再遇到过比他更不爱说话的人，还有人因此把毛恩斯当作哑巴，可这也不对，因为我就曾经听他说出过'是'还有'不是'这样的单词。

"只是除了这两个单词，我再也没听到过他说其他的话，也许就是因为说得少吧。毛恩斯的话说得也不怎么流利，也不太善于表达，有时候连自己的意思都说不清楚，每到这个时候，毛恩斯都觉得挫败极了，看来他注定和'雄辩'这个词没什么关系！

"营火晚会的时候，毛恩斯和玛吉妮两人都在，可他们那天晚上没什么接触。这也不是他们之间故事的起点，但是毛恩斯确实是在那个晚上的那个晚会开始爱上玛吉尼的，尽管才见了一面，毛恩斯已经深陷其中了。相比其他同样爱慕玛吉尼的年轻人的甜言蜜语，毛恩斯的话可太少了，天知道他有多想跟玛吉尼说一些甜言蜜语好让两人的关系进一步发展，可他要命的就是一句话都说不出。毛恩斯心里懊恼得很，他的眼里写满了为情所困，要看出他此时的心中所想太容易了。可是光看是不够的，想赢得姑娘同样的爱还得有些表示才行，比如用最温柔的声音问她：'你愿意嫁给我吗？'或者还可以说几句老套的赞美——'你好美''你真漂亮'之类的，可是毛恩斯什么都没说，他太想说些什么了，可他说不出来。

"晚会结束了，玛吉尼也准备回去了，在回家的路上，四周都是荒野，这时候她很意外地遇见了毛恩斯。开始的时候玛吉尼是有同伴的，但是他们的家都比玛吉尼要近一些，一个个都岔开了走，所以最后就剩下了玛吉尼一个人。毛恩斯则早就盘算好了，他知道玛吉尼在最后一定会落单，所以他怀着想要护送心爱的女孩回家的心情，早早地就躲在石楠树后面。可玛吉尼并不知道，她正走着，突然从石楠树后面蹿出来一个人影，那人影一声不吭就那么站在玛吉尼面前，玛吉尼被吓坏了，发出一声尖叫，有几个她的同伴还没走远，听到了这声尖叫，可不幸的是，他们都以为是野兽之类的东西的叫声，都没怎么当回事，继续往各自的家里赶。玛吉尼好一会儿反应过来，撒腿就跑。

"之后就是玛吉尼在前面不停地跑，毛恩斯则在后面紧追不舍，因而中间有一段时间，大家没有听到任何叫声。玛吉尼的精力和体力都好得惊人，她不停地跑了那么久，可还能保持那么快的速度，这确实少见。她没停下，毛恩斯也只好在后面不停地追，就这么过了很久，玛吉尼还是被赶上了。我们前面说过的，毛恩斯不怎么擅长表达，这会儿他就更说不出话来了，只顾着喘气儿了。他对于玛吉尼一见到他就跟见了鬼似的，显得十分难过。这个时候玛吉尼的反应可不是正确的，你们可都得记着点儿，在那种情况下那样的反应是绝对不可以的，你们以后可一定不能学玛吉尼。玛吉尼一边大声地喊着救命，一边还向毛恩斯求饶。

"史丹贝索克的人们大多已经睡了，虽然好像朦胧中听到了一些声响，可他们都以为那是野兽搞出来的动静，谁都没有细想，加上玛吉尼的喊叫声太过凄厉，像是小兽似的，人们就更加肯定自己错误的推断了，大家都没想到一个女孩在受着苦。玛吉尼使出自己全身的力气反抗着，和毛恩斯激烈地打斗着，甚至地上的草都被抓得凹凸不平，像是刚刚被牛啃过似的，后来人们再去查看的时候，还在地上发现了许多人的头发。声音渐渐低下去，大概三十分钟后，天快亮了，女孩子又叫了起来，他们互相纠缠着，天知道毛恩斯多想说出自己对女孩的爱慕，可是却开不了口，玛吉尼拼命抵抗着，却没什么效果。

"换了我，他就死定了！"讲到这里，嘉思汀激动起来，神情都不一样了，一副不可侵犯的模样，"要是我，绝对不会轻饶了他，咬他的喉咙剥他的皮……"嘉思汀又话锋一转，"可是，我还会亲他一口。"说完，她自顾自地笑起来，像是被自己取悦了似的，压根儿不管其他人的反应。

"这些就是那天晚上发生的全部事情了，但事情并没有结束。第二天，玛吉尼的家里着了火，这场火烧得很诡异，没人知道是怎么烧起来的，它就在中午的时候这么发生了。当时村子里的人正在午睡，所以当村子里的人发现的时候，大火已经烧了有一段时间了，远远地望过去，红彤彤的一片显得相当瘆人。大火发生的时候，我和一个思特纳里斯的女孩子正悠闲地躺在草垛上睡觉，却被村子里狗的狂吠惊醒了，然后就看见山冈那边直冲天空的滚滚浓烟，我惊得一下子坐起来，赶忙跑到村子里找人帮忙救火。村子里的年轻人连鞋子都顾不上穿就跑了过去，到了火灾现场，周围的土地都变得滚烫滚烫的，呼吸的都是灼热的空气。

　　"那天天气很好，没什么风，所以火焰基本上没有什么阻挡，直直地蹿到半空中，简直要超过教堂的顶部了，啧啧，那个场面简直让人过目难忘。火舌卷着往上蹿，像是展翅高飞的红色鸟儿似的，我们就在下面看着，一点儿办法都没有，被眼前的景象吓得失去了反应能力，只能那么呆呆地望着。当时火已经烧了一会儿了，"噼噼啪啪"的爆裂声不停地传过来，感觉整个房子随时都会倒下，摇摇欲坠的很是危险。我们尽量向屋子靠近，可是越接近屋子温度就越高，热风扫过你的脸，眼睛都被烟雾刺激得睁不开。

　　"历尽千辛万苦，我们才终于踏进那户人家的大门，马厩里的马也感觉到了危险，全都变得狂躁不安，一边拼命地踢着马厩的门，一边还发出恐惧的嘶鸣，场面显得混乱不堪。火势越来越大，已经蔓延到了里屋的门口处，年轻人赶快四处找来水桶，准备过去帮忙。这时正好碰到这户人家的男主人尤斯特从里面跑出来，灰头土脸的，完全不知所措。大家看到他这个样子也不敢再耽搁，赶快各自分工开始救火。其中有个小伙子特别勇敢，冒着浓浓的烟雾跳到马厩里割断了马的缰绳，解救了可怜的马们，这个勇敢的小伙子就是我之后的丈夫。

　　"当时的情况十分严峻，稍有疏忽就会造成无法挽回的后果，比如说如果马的问题没有解决好的话，万一马发狂冲出来伤到了人，那可就不好了。当时帮忙的人有秩序地把马厩里的马往外牵引，好在马儿们似乎也知道事情的轻重，都极为配合，没怎么挣扎，虽然过程顺利，最后出来的一匹马的鬃毛还是被烧掉了一大片。那些马出去后就开始疯了似的狂奔向田野，还不住地发出狂喜的嘶鸣声，仿佛在庆幸自己终于逃脱了一场灾难似的。

"跟马比起来，牛们倒是幸运多了，早早地就跑了出来，可是猪就没这么幸运了，它们被困在屋子里面出不来，几乎要被烧死了。啧啧，它们那个痛苦的叫声啊，真是凄惨得很呢，还有不停地挠墙壁的声音一直传过来，可怜的猪该有多痛苦啊。后来有个人想了一个办法，把猪圈的墙壁凿了个大洞，这才把里面的猪救了出来，可是已经晚了，活着的猪只剩下一只，它跌跌撞撞地跑出来，浑身都是伤口，看上去特别可怜，最后它也没活下来。哎，可怜啊。

"这时候史丹贝索克村的人也过来帮忙了，他们拿着各种各样的工具，架势造得很足，可是火势太大了，完全灭掉几乎是不可能的，人们只能改变措施，尽量抢救屋子里面的东西，好减少一些损失。他们撞破玻璃，想把有价值的东西用钩子拉出来，可是太晚了，里面几乎没什么完好的东西了，屋子里面一片狼藉，能点燃的东西几乎都已经被火卷了进去，就只见屋子里的家具都着了火，玻璃制品被烧得几乎要爆裂开来，书本、衣服什么的早就化成了灰烬。

"突然，只听屋子里传来了尤斯特的妻子凄厉的哭喊声，不断地刺激着人们的耳膜，大家又慌乱起来，四处跑动着，最后还是尤斯特冲进屋子，救出了菜地里的妻子，她被救出来之后就一直处于昏迷状态，过了好一会儿才清醒，一醒过来，她就仓皇地四处张望着，紧紧抓着身边女人的衣襟急促地问着玛吉尼在哪儿，嘴里还一直念叨着玛吉尼的名字。有人猜测玛吉尼或许还在草垛上午睡呢，可是尤斯特夫人马上否认了：'不可能，玛吉尼从来不在外面午睡的！'说完，尤斯特夫人不顾身边人们的阻拦，疯了似的想冲回屋子里去找她的女儿，她的力气大得惊人，那么多人都几乎拉不住她，她还是闷头往里面冲，一边还不停地大声呼喊着：'玛吉尼！玛吉尼！'好多人都不忍心看，唉，那个场面也确实让人心酸，大家都被这种情绪感染着，不停地呼喊玛吉尼的名字。

"大家尽量避开火焰，在房子四周找着玛吉尼，有的还踮着脚尖向里面张望，找着玛吉尼的身影。可是火太大了，什么都看不到，整栋房子已经看不出结构了，全部被火覆盖着，连天花板都有了倒塌变形的趋势，看着这样的场景，大家都有点儿绝望了，玛吉尼如果在房子里的话，这时候怕是已经凶多吉少了。奇怪的是，一群人找了这么久，一点儿玛吉尼的影子都看不到，即使是烧死了，尸体也绝对不可能这么快就烧成灰。可是尤斯特夫人又坚持说玛吉尼是在沙发上睡午觉的，就在大家都百思不得其解的时候，尤斯特夫人像是想到什么似的，突然惊叫道：'地下室！玛吉尼一定是在地下室！'

"或许这就是母亲天生的第六感吧，才能在这种时候感应到女儿的位置。这儿的地下室跟平常所见的一样，设在储藏粮食的屋子下面，除了一扇窄窄的门之外就没有什么其他入口了，不过在里面倒也不怕会被闷死，当初在设计的时候在地下室的侧部还专门留有气窗，这下可成了玛吉尼的希望了。大家站在地下室外面，都探头探脑地往里面看，还有胆大的把被单浸湿了水盖住全身趴在门缝上找。尤斯特夫人心里的感觉越来越强烈，她似乎都能感觉到里面的玛吉尼的呼吸声。这是怎样神奇的事情啊，就像是为了回应尤斯特夫人心中所想似的，大家发现了地下室里正坐在啤酒桶上的女孩。'谢天谢地，她还活着！'大家都欢呼起来。玛吉尼听到声音，也看了过来，这下大家更确定了，玛吉尼还活着！

　　"周围的人们都激动了，可是下一秒就又变得焦躁了，因为似乎想不出一个好办法可以把玛吉尼救出来，那扇仅有的门设在屋子里，已经指望不上了，而墙壁上的气窗却又太小太窄，没人能爬得进去，墙壁的材质又是硬得很的花岗石，凿墙显然已经来不及了，等到凿出一个洞来，玛吉尼也肯定早被塌下来的屋子给压死了，而且时间拖延得久了，一旦天花板砸下来，引燃了里面堆放的粮食，救出玛吉尼的希望就更渺茫了。大家想出了无数个办法又不断地否定这些办法，最后还是一筹莫展，眼看着时间一点点过去。突然，'轰'的一声，担心变成了现实，天花板突然崩落下来，火焰砸在地上，又瞬间蹿得老高，惊得人们赶快往后退了好几步。大家看着引燃了粮食后越烧越旺的火海，不禁都摇了头，看来那个可怜的女孩是救不出来了。不过，有一句古话是怎么说的来着？'天无绝人之路'吧。这时事情突然又有了转机，多亏了储藏室里放着足足两吨的燕麦，大火无法一时间把它们都烧完，这就给营救玛吉尼争取了一些时间。几个年轻人更加机智，直接抄起水桶开始往粮食上泼水，想延缓火势。这方法确实奏效，火看起来小了很多。因为怕屋顶也像天花板似的塌下来，大家就又想了个办法，把货车拉到地下室外面撑住了屋顶，这样一来，就算是屋顶真的塌了，也不至于伤到他们任何一个人。做好了各种防护措施之后，大家各自抄起铁棒和铁锤，叮叮咣咣地开始拼命砸墙……"

嘉思汀停下来，抚着自己的心口，舒了口气。

"那天的事情太令人难忘了，那些小伙子们拼了命似的砸着墙壁，谁也没喊一声累，我们在一旁一边替他们加油，希望进度能再快一点，一边又担心着地下室里可怜的玛吉尼会不会已经撑不住了，那种心情真像是被放在锅里煎似的，难受极了。过了一会儿，那些小伙子们都有些体力不支了，近距离的高温也让人承受不住，一个个几乎要晕倒，他们只能带着被烟雾熏黑了的脸纷纷撤了回来。我们看着他们狼狈的样子也没有别的法子，只能祈求老天派遣一个英勇的年轻人冲进去把可怜的玛吉尼解救出来，可是这毫无用处，谁会不顾自己的生命去救一个不相干的人呢？最后还是只能由大家来轮换着继续砸墙，感觉过了好久，才终于出现了一个可容得下一个人出入的洞穴。我们都兴奋地欢呼起来，大声地叫着玛吉尼的名字。但是，但是让我们绝对想不到的是，在我们费了这么多的精力和时间之后，玛吉尼竟然压根儿不愿意出来！她态度坚决得很，这倒让我们不知所措了，最后几个年轻人考察了地形之后说，必须要找人进去把玛吉尼拽出来才行——她不是因为腿伤什么的才不出来，她浑身上下都好好的，只是单纯地不想出来而已。

"一时间大家都无法理解发生了什么，都是又慌张又满心困惑，这种感觉实在让人沮丧。大家听说玛吉尼压根儿不想出来的时候都觉得伤心。为什么呢？为什么她要放弃活着出来的机会呢？大家都想不出个所以然来。他们都不理解玛吉尼，可是我知道，玛吉尼是想借着这次的大火直接死了算了，她不愿意身上背负着耻辱活下去，宁可在大家都还不知道这件事的时候死去，她实在算是一个刚烈的女孩了。因为这件事，大家后来都猜测说会不会这场火其实就是玛吉尼放的，就是为了自杀。可是他们都错了，绝不可能是玛吉尼放的火，而应该是毛恩斯，我以我的人格担保，绝对是毛恩斯！那天天天亮之前，毛恩斯才终于放过了玛吉尼，玛吉尼走后，他心里才害怕起来，开始设想种种后果：要是玛吉尼告发他了怎么办？大家都知道后他被打入大牢怎么办？那他这一辈子可就真的完了。他一个人在荒野里胡思乱想，越想越怕，你知道的，人在极度的恐惧中总是会干出一些常人难以理解的事来，毛恩斯这时候可不算正常，你想要他在那种时候悔悟、清醒过来，简直是不可能的，连老天也不可能做到。毛恩斯趁着中午没人的时候偷偷溜进了玛吉尼的家，他的本意是想求得玛吉尼的原谅的，顺便探探口风，玛吉尼不要声张是最好的。可是当他到了那户人家，趴探着窗户往里看的时候，他发现那家人都在睡觉。就在这时候，他突然起了坏念头，如果这家人都死掉了，那就不会有人知道他做的那件事，也不会有人去告发他，他更加不用被抓到监狱。他越想越疯狂，越想越极端，此时的他毫无理智可言，好像一直有个声音在催促他点火，擦亮火柴，再加上几根干稻草，这比起叫醒玛吉尼跟她谈话，对于毛恩斯来说可简单多了。哎，最后他还是点了火，失去理智的人真是可怕啊，毛恩斯悄无声息地就完成了一场火灾，然后偷偷地溜走了，谁也没有看到他这个纵火犯，只在几分钟后看到那冲天的火光。可怜的玛吉尼，她本来就够伤心的了，所以才会一个人待在地下室里，当大火烧起来的时候，她甚至以为那是神在召唤她这个不洁的人去救赎自己的罪过。这么一想她倒是更加坦然了，对于即将到来的死亡也没什么害怕了，她想，死了也好，死了大家就都不会知道她的不幸了，把地下室当作自己的墓地似乎也不错呢！很快，大火就包围了她。

"无论大家怎么劝说，玛吉尼就是铁了心地坚决不出来，大家都难以相信，同时又觉得自己的努力全都浪费了，心里伤心得很。几个年轻人还是不死心，冒着危险把头伸进气窗想让玛吉尼回心转意，甚至都说玛吉尼是他们认为的最好的女孩子，还表示要迎娶玛吉尼作为他们的新娘。他们流着泪，感情十分真挚，连我在旁边都被感动了呢。可玛吉尼还是不为所动，只一心求死。她那可怜的母亲尤斯特夫人几乎要晕过去了，她哭得喘不过气来，可还坚持一直跟玛吉尼讲话，想让玛吉尼看在母女之情的份儿上出来，她似乎一瞬间苍老了几岁，满脸的凄惨，看得周围的人心中都愤愤不平，纷纷觉得玛吉尼这样做简直太对不起她母亲这样的爱了——谁都不知道，玛吉尼其实也是有苦难言啊！还有人觉得事到如今只能派一个人进去强行把玛吉尼拉出来了，但是这是可能送命的事情，没人愿意去做，况且玛吉尼一心求死，就算救了出来怕也只是白费工夫。尤斯特夫人眼看着事情没有了转机，只好心灰意冷地去求周围的人去找牧师，这个母亲想，女儿救不回来了，那至少在她死的时候能有牧师送她一程，也算是对她尽了心意了。大家又是一阵慌乱，在场的所有的马车都出发去找牧师去了。

"不过最后有趣的是，先等来的不是牧师，而是一个大家怎么也想不到的人——毛恩斯。他在放了火之后，似乎终于找回了点儿理智，回到家后，他心里更加不安了，加上远远地看到火势已经发展到了不可控制的地步，火光映红了天空。他一边心虚害怕，一边担心着玛吉尼困在里面会被烧死，越想越难过，最后他索性奔出了家门，想去找玛吉尼。他出来得很着急，甚至连木靴子都忘了穿，就那么赤着脚狂奔着，袜子跑掉了、帽子吹飞了也顾不上捡，当他终于到达火灾现场的时候，整个人狼狈不堪，喘着粗气，眼睛里满是血丝。不得不说，毛恩斯到的可真是时候。

"毛恩斯到了之后，一切事情都顺利多了，他了解了情况后，就跑到气窗口，向里面呼唤着玛吉尼的名字，只喊了一声，玛吉尼竟然就走过来了。我想玛吉尼或许是这么想的，是毛恩斯玷污了她的清白，那么，也许只有这个人才能解救她，而且我猜想，玛吉尼内心深处或许是一点儿都不想死的，她还是想活着的。孩子们，这点很重要，'解铃还须系铃人'啊，你们一定要记住……"

嘉思汀脸上的神情放松了许多，皱纹也都舒展了一些，露出了温柔的神色，整个人似乎都焕发了生机一般。

"这就是结尾了，玛吉尼心里应该并没有真正怪过毛恩斯，她只是难以接受事实，反正这件事情结束后，一切都又回到了正轨上，她还是像以前那样生活着。不过，还有毛恩斯没有交代完，所以我们的故事还有一点。

"毛恩斯竟然把玛吉尼劝出来了，大家对这个信息简直难以消化。这怎么可能呢？大家不停地问着自己，一直到毛恩斯抱着玛吉尼走过来，大家才终于相信了自己的眼睛。毛恩斯看着我们，喘着粗气，眼神还带着一点惶恐和后怕，那样子实在不好看，可是没人敢再小看他了，也没人再敢对玛吉尼有什么非分之想了。

"以后更加没有什么事情阻挡他们之间关系的发展，他们最后顺利地结婚了，一起幸福地生活了四十多年，在我们那个年代，情话和浪漫只是存在贵族的生活里，普通的农家是不时兴这个的，在毛恩斯和玛吉尼的家里就更是这样了，不过他们对待客人还是相当友好的。他们后来生下了好几个可爱的孩子，哎，这些事都过去好久了啊。

"他们两个结婚时也很有趣，村子里的人坐在位子上，生怕毛恩斯到时候连回答牧师提问的那短短的'我愿意'三个字都说不出来，那可就麻烦了。可是结果出人意料，毛恩斯说出来了，而且说得相当好，只是，在他说完这短短的三个字后，他感觉像是干了一天的农活似的累，所以之后，他就再也没开过口。

"这才是毛恩斯啊，不善言辞的毛恩斯，他去世已经有些年头了，时间过得可真是快，剩下我这个老婆子还活着，现在跟你们讲这些事，感觉啊，这事才刚刚发生一样，一切都历历在目……"

嘉思汀又陷入了沉思，不再说话了。

耶斯巴牧师

在日德兰半岛乌尔别欧，一个牧师因为他巨大无比的力气和破钟一样的声音，给人们留下了深刻的印象，人们在平常闲聊的时候还总会说些经典的例子，比如说他只用一只手就能抬起来几个人都搞不定的东西，还有最让人头疼的陷进泥浆里面的马车，他也能轻松解决，不费多少力气就能连马带车都拉出来。甚至有一次，他劈柴的时候用力过猛，直接把斧头透过柴火砍进了台子里，直到现在都没人能有本事把斧子拔出来。这样的事情可太多了，说几天都说不完，或许这是牧师们的异能吗？谁也不知道。

不过这话似乎也不太对，毕竟其他的牧师可没有乌尔别欧的这位名气大，甚至大到每家每户都知道他，还会在茶余饭后谈论他，别的牧师可做不到这一点。还有更离谱的一个传闻，说有一次似乎是因为他妻子做了什么惹他生气的事情，他就直接把他的妻子扛在肩上，背到教堂里面，然后把她头朝下荡在窗户外面，像在抖一件衣服上的灰尘似的摇来摇去。这件事听起来太不可思议，而事实上当时目击者也只有一个而已，所以当谁也没有当真，只是听听而已。

而且，从此以后，再也没有传出过类似于这位牧师滥用暴力的丑闻。毕竟，牧师可是神圣的神职，暴力和他们显然是不怎么搭调的。不过除去他的力气，他浑厚洪亮的声音也是广为人知的，他讲道的时候，声音甚至能够传到千里之外，他的声音可是独一无二地出色呢。

春天的时候，太阳升起得早，才四点的样子，已经是阳光普照，周围的温度也已经不低了，窗户外面也传来了早起的鸟儿们的清脆叫声。这位乌尔别欧的牧师也已经起床了，正在书房里面悠闲地踱着方步，一边还背诵着大卫的诗作。他的声音还是一如既往地大，就像火炮打出去的声响似的，听着他背诵的声音，你几乎都能想象得到他那庞大的身躯和沉稳的步调。也许是有职业病吧，他习惯了保持严肃，就算是他独处时也是这样。他背书也是很有特色的，他会一边读着经书，一边踱着步子，还竖着耳朵认真听自己的读书声，像是在努力记忆似的。他记忆的时候必须听着自己的背诵声，然后把这些句子刻在心头，记在心底，慢慢领悟，然后在日积月累中让这些句子一点点融入自己的灵魂和血肉，积淀成自己的内涵，组成他生命的一切。或许牧师们都是这样的吧，《圣经》对于他们就是一切，他愈是无法理解，就愈是心怀敬畏，他就这么满心虔诚地品读这些语句，然后一一记在心里。

他的出身并不算好，只是普通的农民，家里也是为他尽了很多力后才得以让他走进学校读书。可是事实证明他实在不是什么读书的料子，他曾经尝试过各种各样的办法，可是他那愚钝的脑子就是不灵光，理解力也差，所以一直过了这么多年，他步入中年的时候才终于当上了牧师。而且就算当上了牧师，他也不怎么能领会神的意旨，而只能依靠死记硬背，并且比别人花上更多甚至几倍的时间去记忆，但所幸他是执着的，有那么一股不放弃的精神，一遍一遍地不知疲倦地重复，直到能够倒背如流才停止。再加上他那天生的嘹亮高亢的嗓音，这两大优点使得他在做弥撒或者是布道的时候，效果往往也是最好的，能够将神的意旨传播到各个角落。

也因为虔诚，这位耶斯巴牧师每天都会早早地起床，然后就在满是书籍的书房中边踱着步，边背诵讲道的内容或是经书。早上的书房还是十分闷热的，加上屋顶很低，空气的流动也不好，但耶斯巴牧师就是偏爱这间屋子。他每天的穿戴都很整齐，戴着假发，穿着长至膝盖的黑色礼服，甚至连细小的衣领处也打理得一丝不乱。那天刚好周六，耶斯巴牧师正在准备着周日讲道的内容，他心里总是想着要把经文背得熟一点，再熟一点，好在第二天能够做到脱口而出。耶斯巴牧师在这种事上总是格外费心，从不敷衍。

耶斯巴牧师背诵的时间从早上四点一直持续到中午十二点，整整八个小时，房间里充斥着的都是耶斯巴牧师踱步的声音和嘹亮的背诵声。等到结束后，他往往像干了一天农活似的疲惫不堪，满头大汗，这时他就需要休息一番。刚刚好是午饭的时间，他的妻子正在厨房里忙着准备中饭，他看着这样的场景，顿时就觉得心里一阵满足。

"碧姬黛！"他温柔地唤着妻子的名字，想跟她吐槽一下热得要死的天气。

在这种恨不得不穿衣服的炎热天气里，碧姬黛却把自己包裹得严严实实的，还不停地在桌边忙碌。她生性胆小，也害怕生人，跟人交谈也都是低着头的，像是犯了错的小学生。

　　耶斯巴牧师满是爱意和宠溺的目光一刻也没有离开过自己的妻子，看着她忙碌的身影，耶斯巴心里满是感激。他的妻子真的为他做了很多，她总是想要努力在人前显得老成严肃，好能够与他牧师的身份相配，为此她不惜放弃了自己十八岁少女的活泼和天真，放弃了自己嬉笑打闹的权利。而碧姬黛也确实做得很好，首先她在着装上的打扮就成功了，她在外面行走时，往往都会穿上严肃的黑色衣服，还不忘戴上围巾把自己捂得严严实实，完全就是标准的牧师夫人打扮。耶斯巴牧师每次看着妻子这样显得老气的打扮时都会很欣慰，毕竟他自己早就不年轻了，因为他不太聪明的脑子，他取得神职的过程显得分外艰难，在那之前他曾经做过各种工作，直到五十岁的时候生活才算稳定了下来。他曾想过或许这一辈子都要自己孤独地过下去了，可是上帝却是十分厚待他的，在他日渐苍老的时候，让碧姬黛走进了他的生活。碧姬黛是其他教区的牧师的女儿，他们家孩子多得养不起，就想把女儿嫁给耶斯巴，只求耶斯巴能够善待女儿。这本就是一桩利于双方的好事，所以进行得很是顺利。但这桩婚事对于年轻的碧姬黛来说，或许并不是什么值得高兴的事。耶斯巴牧师第一次见到他的小新娘时，她正跟一群男孩儿玩得不亦乐乎，她细细小小的身子奔跑在田间沼地，还划着小船在河里飘荡，可是无论碧姬黛在外面玩得再怎么疯，一回到家马上就会变为乖巧少话的好孩子。值得一提的是，碧姬黛的双手灵巧得很，以后一定是一个称职的家庭主妇。

　　碧姬黛长得并不怎么漂亮，甚至脸上还带着疤痕，眼睛也小得不能再小了。她的个性也不是十足的听话，有时候也会暴躁反抗，而且跟人交往这一点是她最大的缺陷，也是她最苦恼的事情。她一点也不喜欢这样的自己，总是会在平时有意无意地改变自己，对于这一点，耶斯巴牧师是喜闻乐见的，自己的妻子一天比一天成熟，他对此很是骄傲，他觉得自己年轻的妻子就像是一朵还未绽放的花朵，充满了希望和活力。

碧姬黛准备的中餐是香肠和芜菁，这些都是耶斯巴牧师最喜欢的。吃完饭之后，耶斯巴开始念祈祷词，而碧姬黛害羞地站在一边，低着头不敢看自己的丈夫。一缕头发顺势滑落，牧师自然地伸出手理了理她的头发，这下，碧姬黛的脸更红了，头也垂得更低了。

吃完饭，耶斯巴牧师走到院子里准备喂鸡，他用低沉的声音呼唤着，之后就看到母鸡四面八方地涌过来，这让耶斯巴牧师很有成就感，所以他很热爱这项工作。

家里的男佣过来询问着他下午需要做些什么工作，事实上耶斯巴牧师特别羡慕这些男佣能随心所欲地下田工作，但是他现在毕竟是牧师了，下田干农活、扛米袋之类的粗活实在与他的身份不符，所以他只好打消那个念头，只能在家里开拓一片土地，看别人干农活过过瘾了。

给男佣吩咐完工作，耶斯巴有点儿受不住中午猛烈的阳光了，索性转身直接进了屋，打算睡个午觉，然后起来继续背诵。

这时一辆马车朝他们家驶过来，掀起了一阵灰尘，耶斯巴牧师无意中扫了一眼，发现来人正是隔壁教区西来贝里的牧师，也就是他的岳父，这可是贵客，耶斯巴赶快走出去迎接。

尽管知道岳父偏爱周六外出，可是他会到自己这里来还是大大出乎了耶斯巴牧师的预料，所以他表现得十分热情。而事实上，他的岳父只不过是路过而已，但是架不住耶斯巴牧师的热情，只好走了进去，打算小坐一会儿。他们翁婿二人坐在客厅里，一边喝着清凉的啤酒，一边开心地交谈着。

聊着聊着，岳父说起了自己出门是为了调查最近小偷猖獗的事情，想看看有没有人能提供点儿情报。说起来，最近的小偷也实在是胆大得很，很多户人家都被光顾了，而且经常是被偷个精光，已经发展到不得不采取措施的时候了——作为牧师，他必须有点儿作为，所以他打算一家家地去拜访，希望能找出点儿有用的情报。

对这件事情，耶斯巴牧师也是知情的，但无奈的是，他这里没有什么有用的情报，所以他聪明地把这个话题岔开，找了个新的话题，比如神的王国、大麦税、捐献、教会、什一税等等这些牧师们感兴趣的谈资，他们一谈起这些就停不下来。

因为还有其他的事情，老牧师没多久就起身准备离开了，这时刚好碧姬黛进来给父亲送啤酒，她送酒时的姿势十分奇怪，还弯着身子躲躲闪闪的，眼睛更是不敢跟自己的父亲对视，把啤酒匆忙放在桌子上后就赶紧回到里屋去了。老牧师看着女儿的这副样子，顿时明白了什么，用兴奋的目光盯着耶斯特，满意地点着头："看碧姬黛的样子怕是怀孕了，这真是太好了，这个家马上就要迎来一个小天使了！"他喋喋不休地说着话，想表达自己的祝福和喜悦。

可是，听到这个消息后耶斯巴牧师的反应却有点儿奇怪，他脸上一副难以置信的表情，眼睛瞪得大大的，眼珠子像要弹出来似的，他的反应更像是受了什么沉重的打击，脸色都苍白了。老牧师对自己女婿的反应有点儿不解，可是仔细想想就明白了，他这个女婿太内向了，也不善于表达，他这个样子或许就是表示激动吧。想明白后，老牧师就更加卖力地说着祝福的话，还劝慰自己初为人父的女婿要冷静一点，别激动过了头。

耶斯巴牧师突然直直地站起来，脸色苍白，眼眶几乎要裂开了，可是不了解状况的老牧师还是没有察觉到异常，反而觉得他这女婿的反应太特别了，被他的样子逗得哈哈大笑。耶斯巴牧师努力压抑着自己，双手紧握着，上面青筋密布。突然，他开始张口大声地朗诵早上背诵的诗篇：

上帝的子民啊！你们拥有的荣耀、能力，都源于耶和华，源于耶和华。

要将耶和华应得的荣耀归还，戴上圣洁的妆饰，去将耶和华朝拜。

耶和华的声音从水中来，荣耀的上帝如雷般怒吼，声响在那大水之上。

耶和华的声音有超凡的力量，耶和华的声音充满威严。

耶和华的声音震倒了香柏树，利巴嫩的香柏树。

他让它们跳跃如牛犊，让利巴嫩和西连如野牛犊那样欢欣跳跃。

《旧约·诗篇》第二十九篇第一至六节

老牧师鼓了鼓掌，赞扬道："朗诵得很好，诗也很美，可是为什么这个时候突然开始朗诵诗篇了呢？这倒是有些……"老牧师不知道该怎么说下去了，事实上老牧师满心困惑女婿为什么突然背起《旧约》二十九篇，可是耶斯巴牧师本人也不大明白为什么，只是想说些什么来表达自己的愤慨，而恰好上午背熟了这篇，所以才会脱口而出。就像没听到老牧师的话似的，耶斯巴牧师继续用他嘹亮的声音朗诵着，严肃的声音回荡在屋子里，显得有点儿诡异。

耶和华的声音能劈开火焰。

耶和华的声音能撼动荒野，耶和华撼动了加底斯的荒野。

耶和华的声音让母鹿惊吓得脱胎，横木几乎全部落下。在他殿内，人人称赞他的荣耀。

老牧师渐渐被感染了，垂下头，像在忏悔似的。耶斯巴牧师停顿了一下，换了口气后用更加响亮的声音把这篇诗背完。

在洪水泛滥的时代，耶和华是王，耶和华是王，永远如此。

耶和华将赐予他的子民以力量，耶和华将赐平安的福予他的子民。

《旧约·诗篇》第二十九篇七至十一节

"阿门！"老牧师姿态虔诚地垂着头，结束了之后，他的心里越发感觉莫名其妙，隐隐地察觉到了女婿的不对劲，所以马上离开了。

耶斯巴牧师回到最能让他冷静的书房里，努力说服自己平静下来，可是他实在觉得荒谬，碧姬黛竟然怀孕了，她怎么可能会怀孕呢！事情已经很明显了，孩子不是他的。

他和碧姬黛虽然已经是名正言顺的夫妻了，可她毕竟还是太年轻了，只有十八岁而已，所以耶斯巴牧师一直是疼惜自己的小妻子的，只想好好保护她，不想她过早地被某些事情吓到。耶斯巴牧师的心里一直期待着有一天碧姬黛能够对他敞开心扉，所以他一直怀着这样的期待等待着。

碧姬黛明显被吓到了，她连头都不敢抬，更别说看耶斯巴牧师的眼睛了，浑身抖得跟筛糠似的。耶斯巴牧师看着眼前自己法律上的妻子，可笑的是她竟然和别人有了孩子，而他这个愚蠢的傻瓜对此一无所知！这个巨大的刺激隐隐地带动了他身体中偏执的一面，而他似乎并未察觉。

耶斯巴牧师回想着以往的种种，每次当他将要控制不住自己的欲望的时候，都会努力地压制自己，因为他怕自己的举动会伤到碧姬黛，毕竟碧姬黛还太小。他一直觉得自己做的是正确的，还一直为自己这样的举动而自豪。同时他也很自信：只要给碧姬黛一点时间，她一定会爱上自己，主动投怀送抱的。"可是，现在这样……究竟是怎么回事……到底是谁……会是谁这么大胆？"

耶斯巴牧师最后甚至咆哮了起来，巨大的吼声传遍了整栋屋子。

"碧姬黛！"

碧姬黛跌跌撞撞地跑过来，路上似乎撞到了椅子什么的，过了好久才出现在书房门口。耶斯巴牧师勃然大怒，扯掉头上碍事的假发和厚重的牧师服，身上只穿了件单衣。他的怒气像是要从身体里面冲出来似的，眼神锐利，完全不像平时的他。碧姬黛吓得说不出话来，身体抖得像是风中的落叶似的。这次死定了，耶斯巴一定不会轻饶了她的，她这样想着，全身的力气像被抽空了似的，颓然地倒在地上。耶斯巴牧师朝碧姬黛走过来，脚步声像是碧姬黛的催命符似的让她恐惧，只能翻转身体换个姿势，好离耶斯巴牧师远一点。

耶斯巴牧师站在碧姬黛的面前，眼神死盯着她，仿佛要用眼神把碧姬黛凌迟。碧姬黛已经完全吓傻了，躺在地上一动不动，好像听天由命似的。耶斯巴牧师挫败地看着自己的小妻子，嘴里发出一声呻吟，转身"砰"的一声推开朝着庭院的窗子。突然，他发出"啊"的一声惊叫。

窗户外蜂蜜的甜味扑鼻而来，刺激着人的嗅觉。春天正是苹果树开花的时候，苹果树的枝叶之间，一群群蜜蜂辛勤地工作，采着蜂蜜，它们成群结队的，数量极多，远远看过去就像是一片片云一般。耶斯巴牧师探出头去，想看得更清楚这些蜜蜂在忙什么。

"碧姬黛！蜜蜂们正在筑巢呢！"他兴奋地叫喊着，一边习惯性地回头招呼自己的妻子，当他意识到自己做了什么后，脸上又涌出了一些懊恼。

很多人都跑了出来，想抓一些蜜蜂，这群蜜蜂正值分箱期，正是最好的时机。耶斯巴牧师也不甘落后，回去拿起蜂箱和床单就跑了出去，碧姬黛亦步亦趋地跟在后面，敲打着手中的乳钵，在田间奔跑跳跃着追赶蜜蜂，露出她秀气的小脚，显得精力十足。碧姬黛一边卖力地工作着，一边在心里盼望着这工作能持续得久一点，再久一点。可是这工作很快就结束了，耶斯巴牧师把收集到的蜜蜂挂在田边的树上，安然无恙地回到屋子里。

蜜蜂抓完了，大家又都回去继续午睡。等到大家都走光了，耶斯巴牧师带着妻子到了教会，开始询问事情的缘由。耶斯巴牧师怕吓到碧姬黛，尽量放低自己的音量。碧姬黛心虚得很，对耶斯巴的所有问题都是有问必答，可是知道了一切后，耶斯巴牧师更头疼了。

罪魁祸首竟然是个强盗，那个最近闹得人心惶惶的强盗，他现在就躲在他们家的阁楼上，而且据碧姬黛所说，已经躲了有些日子了，就是他让碧姬黛怀孕的。碧姬黛说，那个强盗是她小时候的玩伴，长大参军的时候趁机逃跑了，经过这个村子的时候正好碰到了碧姬黛，碧姬黛心软，就帮着他瞒着自己的丈夫，躲在了自家的阁楼上，而事到如今，事情已经败露了。

耶斯巴牧师这才知道自己竟被戴了这么大一顶绿帽子，想明白后，他怒极攻心，又极力告诫自己保持冷静。他就这么努力控制着自己满腔的怒火扛着碧姬黛往塔顶上爬，到了之后又把碧姬黛悬空在窗外，抑制住心里想要把她扔下去的想法，只是不停地摇晃她，想用这种痛苦来惩罚她。碧姬黛很难受，但是她并不挣扎，像在赎罪一般不哭不闹，她这样的反应反而让耶斯巴心软了点儿。

耶斯巴牧师带着妻子回了家，在走廊上他发现了一条绳子，鬼使神差地，他捡了起来，然后握着绳子呆呆地看着碧姬黛，他能看出来碧姬黛以为自己的丈夫想要吊死她。不过，她这次可猜错了，耶斯巴牧师绕过妻子，径直走向顶楼的房间。碧姬黛愣了一下，马上反应过来耶斯巴是想要绑住她藏在楼顶的人。她不由得发出一声凄厉的惨叫，那种惨叫像是动物想要保护幼崽时才能发出来的，她从头至尾都没有为丈夫对自己的惩罚有过任何异议和反抗，但是当涉及顶楼躲着的人时，她却表现出了前所未有的在乎和维护。耶斯巴牧师看着这样维护其他男人的妻子，心里痛苦不已。碧姬黛一直惊恐地叫着："不要！不要上去！"他不由自主地看向她。

只见碧姬黛瞪大了眼睛，张大了嘴站着，见耶斯巴牧师回头看她，便马上追了过去，恳切地看着自己的丈夫，眼睛里满是恳求。耶斯巴看着妻子这样奋不顾身和全心全意，却是为了别的男人，心像是被火烤一样疼痛。

他知道今天想要找那个男人的麻烦是不大可能的了，与其说是惩治那个男人，倒不如说是在惩罚碧姬黛，打在那个男人身上的每一鞭都像是打在碧姬黛心上似的。想到这个，耶斯巴牧师又心中不忍了。

耶斯巴牧师把绳子放回原处，无奈地来回踱步，他的脚步很重，仿佛要把地板踏穿。碧姬黛似乎意识到丈夫暂时是不会找顶楼人的麻烦了，心里忽然放松，猛地倒在地上，小声地啜泣着。

耶斯巴牧师对碧姬黛的眼泪不为所动，转身回到他的书房，碧姬黛则趁机又偷溜到了阁楼上。

耶斯巴牧师像往常一样待在书房里，锁着门，他就这么一个人待着，感觉空气里充斥着孤独。他什么也不想做，就那么来回踱着步，书架上原本极具吸引力的书此刻也变得没有意义了。他失魂落魄地看向窗外，苹果花开得灿烂，在阳光下招摇，蜜蜂们倒是已经完成了工作，安静了下来。

玻璃窗边传来细小的鸣声，不仔细听是听不到的，那是只蚊子，正在努力地用它的细脚跳着，极力想摆脱这间屋子飞到外面去，可是这个可怜的小傻瓜不知道它面前还隔着一层厚厚的玻璃呢，只是傻乎乎地撞击着玻璃。耶斯巴牧师叹了口气，打开窗户。蚊子已经折腾得筋疲力尽了，晕头转向地飞了出去，轻飘飘的没什么重量。

啊！广阔无私的大地上万物生长，花朵、太阳、天空、大海……万事万物都浸浴在夏日的空气中。牧师渐渐体会到了生命的美丽和甜美，先前的阴霾和苦闷也一扫而光了。

牧师公馆里的人们从午睡中醒来后，就听到主人正在书房中背诵大卫的诗篇，那声音如做弥撒一般单调。

耶和华，我的主啊，我虔诚地向您求告。

主啊！请您听到我的呼声，愿您听听我的恳求。

主耶和华啊，你若能明察罪孽，那谁能无罪呢。

但你拥有免之权，世人都得敬畏你。

74

我的心等候着，我仰望着他的话。

我的心等候着主的降临，好比守夜的人盼望天亮，好比守夜的人盼望天亮。

以色列啊，当你仰望耶和华，只有他的慈爱，才能给予足够的赦恩。

他必解救以色列，帮它与一切罪孽剥离。

《旧约·诗篇》第一百三十篇一至八节

那天之后，那个为乱四方的强盗就消失了，再也没有露过面。居民没了后顾之忧，又可以安心把粮食放在储藏室了。而第二个礼拜耶斯巴牧师在做弥撒时那虔诚和充满力量的传道，深深打动了很多人，尤其是戴维的诗篇，听起来就像是出自上帝本人口中似的有力量。在场的教徒都跪拜在地上，虔诚地聆听着，而且，耶斯巴牧师的这次演讲没有看稿，他的演讲完全是出自心中真实而澎湃的感情，更有感染力。

日子一天天过去了，乌尔别欧的教堂里出现了一幅画，这幅画极力表现了碧姬黛对自己丈夫的爱情和无私的奉献——起码看到这幅画的人都会这么想。画上是耶斯巴牧师和他的妻子，还有他们共同孕育的十一个可爱的孩子，孩子们都差不多大小，都躺在襁褓中，小小的脸蛋极为可爱，如果不是因为他们是按照大小顺序排列的，你几乎不能辨别他们的年龄。这些可爱的孩子纯洁又甜美，象征着生命最美好的最初。可是一边的长子的神情却显得十分奇怪，他偏着头，瞪着这幸福的一家人，画上他的喉结显得尤其突出。

三十三年

也许你曾幻想过这样的事。音乐的声音突然停止，小提琴伴奏的声音也消失不见了……只有一个人呆站在屋子中央，额头上浸着汗水，怔忪的不知所措。其他人却都欢快地继续跳着舞，这时灰蒙蒙的尘土突然涌进屋子，貌似幽灵的东西潜了进来，骇住了在场的众人，大家都跟跄着贴紧墙根，只有一个因为跳舞的狂喜而呆愣着的人还站在那里一动不动，他想摘下幽灵的面具，举手示意乐师："请继续演奏吧，乐师先生，让音乐继续响起来吧，我现在只想一心一意地跟我的未婚妻跳舞！"

在一个农庄里，一个老婆婆在那里居住了二十多年，她一直按照自己的习惯生活着，这么多年都没有什么改变，就像是一件摆在家里的家具一样。当地的人们也十分尊敬她，提起她时都会用上尊称"您"，可是她毕竟年纪大了，脑子有些不灵光了，人们都说这是因为她看太多了，经历得太多了，人们对于嘉思汀婆婆就是这样的印象。

那件事情发生在很久以前，那是一个黑漆漆的秋天的晚上。那天晚上没有月亮，黑得一塌糊涂，整个大地都被黑暗笼罩着，只剩下远处几盏暗红色的灯发出微弱的光。一个人在黑暗中走着，手中举着三支并排的蜡烛，烛光沉稳地亮着，他的另一只手还提着马厩里用的角灯，伴着这些火光，他慢慢地走在田间小路上。

角灯的光亮投射在地上，光圈的边缘可以看到他正在行走的两只脚，身后是被拉得长长的影子。他身体的其他部分都隐藏在黑暗里，随着角灯位置的改变，地上影子的位置和形状也在发生着改变，折射到了路边草丛上，于是草儿们便暴露在了灯光下。当光照在刚刚耕耘过的田野上，便能看到一个被遗忘在田间的耙横放着，上面还沾着些麦穗。那个人继续向坡上走着，光芒也随着他摇曳着前进。

在他翻过山坡之后，那三颗像是领路似的星星也消失了。山间的小路崎岖而盘旋，角灯的光芒随着他一起赶路，一路上照在暗红的水肥池上，照在人家院子里的土堆上，照在另一户人家的花岗岩墙壁上，光影晃动着擦过墙头。他绕着路行走着，路过一户又一户人家，玻璃窗里隐隐地有光倾泻出来，远处田野的起伏不平也显得分外明显。

"嘿！哒哒哒！"屋子里萦绕着小提琴悠扬的声音和长靴子敲击地板的声音。他顺着石子路向里走着，门突然开了，里面的人小跑着出来，热情地招呼着他进门。

"我们打铁的朋友来了，快快请进！"

特伊雅的家里正在进行着一场狂欢，大家喝酒聊天，玩得不乐乎，这些完全是年轻人自己的活动，只是借用了一下特伊雅的场地。秋天最繁忙的季节已经过去了，地里的农活都做完了，在这样的夜晚，大家都在唱歌跳舞抒发自己愉快的心情，这样的状况已经持续了好几个晚上了。女孩子们也是精心打扮了的，好几个都穿着正流行的印度印花布裁制的布裙子。

这时，贫民院里来了一个矮子，她叫史吉尼，提着一个装着葡萄蛋糕的大篮子，她走进屋子，直接拿起桌子上的酒瓶，豪爽地把酒灌进脖子。她已经不清醒了，眼前也已经模模糊糊的，什么都看不清了。

年轻的人们兑钱买了咖啡坐在一起喝着，特伊雅的女儿嘉思汀负责给大家分配咖啡，大家围坐着，品尝着咖啡的香醇。

嘉思汀的歌喉是出了名的优美，大家都求她唱首歌来助兴，可她却说什么都不同意，只是一味推辞着，坐在椅子上有些不知所措。

"唱一首吧，嘉思汀！"铁匠亚纳斯用温柔的嗓音劝说着她。周围的年轻女孩都涌过来，用暧昧的眼神打量着他们俩，一边还哧哧地偷笑。

嘉思汀害羞地垂下了眼。

屋子里突然安静下来，大家都默默地等待着，不过倒是吃了不少面包一类的点心。

过了好一会儿，嘉思汀才抬起头来，看了亚纳斯一眼，然后直视着前方，双手交叉，幽幽地开了口：

夜空里的星星成双成对
我们也该是如此
手牵着手
走在路上

可你最终仍背叛了我

这使我感到悲伤

想起海边的你我

誓言声声犹在耳际

你玩弄我后一去不回

留我在原地

忆起那些往昔

空余满怀感伤

我

就像迷途的羔羊

找不到方向

这辽阔的天地间

又有谁能聆听我的哀愁

有谁能用温柔的言语将我抚慰

　　嘉思汀唱完一首后，大家都沉默了。墙壁烛台上的火焰跳跃着，映得没有装饰的房间里忽明忽暗。矮子史吉尼的手揣在围裙兜里，眼角还淌着几行泪水。

　　嘉思汀又唱了一首后，经营化妆品生意的亚可布为大家演奏了一曲明快的华尔兹曲子。

　　亚纳斯从始至终只有嘉思汀一个舞伴，尽管大家都拿这个开他的玩笑，亚纳斯也只是好脾气地笑着，眼神始终只注视着房间另一边的嘉思汀。

　　众所周知的，他们两个已经是订了婚的关系。特伊雅这户人家虽然收入不错，但是家中孩子太多，所以家中生活算不上富裕。而亚纳斯不酗酒，性格随和，对待工作也很认真，他已经打定了主意要和美丽的嘉思汀结婚，现在几天见不到他的未婚妻都像要他的命似的。

大家继续跳着舞，有了这一对，其他人也都希望能在舞会上碰到自己人生的另一半，因此每个人的神情都是愉快而雀跃的。有个叫马奇斯的卖羊人跑到院子里独自练习着，他一直重复练习着转圈的动作，每转一圈，就会用他钉了铁片的鞋跟敲一下地面。一旁，几个老人默默地看着。

时间已经将近午夜了，众人的脸上身上都是汗水，可是大家的兴致仍然很高，而且越来越起劲儿了。

为了降温，嘉思汀往地上洒了些水，地面上满是灰尘的味道，还混着些猫的臭味。

"啊！真是太热了！"马奇斯说着打开了窗户。

"可以请你演奏一曲《红焰》吗？"他的喉咙都沙哑了，还大声地朝着拉小提琴的乐师喊着。这首曲子是大家一起围成圆圈跳的舞蹈，之后又是"方阵舞"，旋律也变得更快了。大家的呼吸渐渐急促起来，一个个身影在屋子中央旋转着，飞舞着，像是一只只快乐的蝴蝶。

突然，亚可布停止了演奏，音乐声戛然而止，人们都诧异地望向他，只见他用下巴撑着小提琴，眼睛瞪得大大的盯着窗外……

大家突然紧张起来，纷纷拥挤着离开舞池，只剩下马奇斯一个人愣在原地一动不动。

屋子里一片寂静。

"救命啊！"矮子史吉尼突然大叫起来，那声音回荡在屋子里，甚是吓人。

女孩子们缩在角落里，吓得一动不动。亚纳斯勇敢地走到窗户前，把头伸出去观察着周围浓浓的夜色，然后锁好窗户，闩好窗闩，面向大家。

"大家都别紧张，什么事都没有！"他说道，"让我们继续狂欢吧，亚可布，有什么好怕的，继续演奏吧！嘉思汀，过来！"亚纳斯揽过嘉思汀跳着舞，亚可布一边用鞋子打着拍子，一边重新开始演奏。

大家难为情地彼此看了看，这才继续开始跳舞，情绪比之前更加高涨了。

他们不停地跳着，一直跳到了第二天早上才一个个地回家去。他们三三两两地走在小路上，年轻的女孩子们也得赶紧回去开始挤牛奶的工作了。

第二年春天，亚纳斯盖了新居，并在六月和嘉思汀结婚了。

那天是个好日子，夏天的大地满是青葱，天空晴朗无云，阳光照在行走在乡间大道上的婚车上，醒目而灿烂。驾车的马匹步伐轻快，扬起一阵阵灰尘，散落在路边的水沟里。亚可夫和马车夫并排坐着，他正演奏着单簧管，手指灵活地在乐器上移动着。单簧管中传出结婚进行曲的调子，这支曲子在结婚的日子可是必不可少的。

"噗噗，噗噗，噗噗噗噗噗……"单簧管奏着乐音。

音乐对于乡下来说是难得听到的。人们都为了这难得的音乐纷纷走出家门，倚在栅栏边上。车队很长，行走在田间，发出"咔嗒咔嗒"的声响，停在涂成白色的教堂门前。风轻轻地吹着，掀起了新娘圣洁的白色披纱。几个孩子为了看得更清楚些，爬上了围墙。

回去的路上，马车像来时那样排着整齐的队伍，"咔嗒咔嗒"地走着。阳光照在亚可夫的毛衣上，像泛着一层金色的光。亚可夫坐在马车上，继续演奏着单簧管。车队行走在乡间，音乐声也行走在乡间，为大家带来了无限的欢喜。

矮子史吉尼站在水沟边，目不转睛地盯着车队走过，一直等到最后一辆马车在面前驶过，她才拿出藏好的旧拖鞋用力扔向马车，用这种方式给那对新人最真挚的祝福。

结婚后的几年，亚纳斯和嘉思汀认真地干活。他们当初盖房子的钱都是从邻居那里借来的，所以他们必须更加努力才行。

亚纳斯一直在他的工作房里干活，里面叮叮当当的声音从早响到晚。他的工作范围很广，从钉木靴的铁钉子到钟表的外壳他都会做，除了这些，他还要打理自家的农田。

农夫们常常找他帮忙修理农具，和他聊聊天什么的。亚纳斯很喜欢跟他们交往，常常尽心尽力地为他们修理，每次都目送着他们的背影离开。

之后他们的孩子们出生了，两女一男。因为要照顾孩子，嘉思汀有段时间不能做其他的工作。直到十年后，他们才还清了当初盖房子时候的借款，亚纳斯用剩下的钱买了几头羊和一头母牛，也算是有了些家产。

他们的生活渐渐好了起来，嘉思汀的气色也好了很多，皮肤更加白皙了，脸颊上泛着淡淡的红，像她少女时一样天真可爱。他们的孩子也大了，都接受了洗礼，两个大一些的孩子都可以出去工作了。

在大女儿雪莉妮快二十岁的时候，亚纳斯在处理石楠时被蝮蛇咬到了手指，他的伤口一直没有痊愈，甚至连带着其他的手指也被感染了，他的手算是废了，一直包着破布带着橡皮手套。

亚纳斯随意地散着步，停在工作房门口，看向里面冷冷的火炉。他手上戴着皮套，可是面色灰暗意志消沉。他脸上的忧伤太明显了，还有他的眼里也像是装满了悲哀。有时候亚纳斯会一个人静静地待在工作房里摆弄那些工具。他的工作房里有沾着石灰的刷子、剪羊毛的剪刀，还有用了好多年的牛桩。

　　家里全部的收入只靠那么一块小小的农田，几乎入不敷出。亚纳斯更加忧心了，他几乎丧失了劳动能力，唯一的男孩拉斯还只有十七岁，可是已经开始学着干活了。

　　铁匠亚纳斯在散步时遇到了矮子史吉尼，她满脸的病态，漫不经心地看了亚纳斯一眼。过了几天，他们又在路上碰到了，甚至几年后再次遇到时，矮子史吉尼还是几年前的样子，完全没有什么改变。她每个月都会以生日的名义向人们索要铜板庆祝生日。可她并不是故意要骗人，而是她脑子里真的以为已经过了一年了。

　　还有一个流浪汉彼得，也是值得一说的人物。他个子很高，足足有两米，但头脑却不怎么好，他在某一天走在街上，后面跟着一群孩子，他看起来是喝醉了，可是情绪却高昂得很。

　　彼得的迟钝甚至到了这样的地步：他压根儿不知道每天的日期，就这么混沌度日。他的存在感也不强，几天不出现，大家就完全把他抛之脑后了。他也过得低调，常常在鲜有人知的村庄徘徊，帮人家修理猪舍什么的。可就是这么一个人，有一天突然像个国王似的出现了，高高举着烟斗，一路走一路叫，还大声地要求大家把猪舍都拿给他修，可是没一会儿，就又把刚刚的事忘了，只是傻傻地笑着。"都赶快过来，快乐的人啊！"他的声音像被堵住了似的沉闷，他用力伸了个懒腰，欢快地跳着走着，一边还唱着歌：

啊！我那年轻而充满活力的心啊，

永远热情地追求着，

啊！悲伤！悲伤啊！

它带来的却只是无尽的悲伤！

"哈哈哈！"他唱完后发出快乐尽兴的大笑声，一边晃着向前走去。

他每天晚上都露宿街头，无论是下着蒙蒙细雨的夜晚还是露水弥漫的清晨，脑子不怎么好使的彼得就这么过完一天又一天。之后，他又会消失几天，也渐渐淡出人们的记忆。可是几天之后，他就又会出现，像打了胜仗的将军似的高举着烟斗，怀揣着一瓶啤酒，摇摇晃晃地走过来。时光荏苒，很多事情都改变了，可是彼得却依然我行我素，像个活在时间之外的人。

夏天过去了很久，离冬天到来还要很久，一切都很平静，没有什么特别的事情发生。第二年，亚纳斯仍然躺在床上，嘉思汀陪在他身边，忙活着一些小事。

玻璃窗外是田地的一角，再加上院子的一小部分，这些就是亚纳斯所能看到的所有景色了。春天在不知不觉中到来了，温度上升，冬天的积雪开始慢慢融化。然后又迎来了一个秋天，一个收割的季节。

他们的屋子里，一个大型的立钟分外显眼。钟表的零件和外壳都出自亚纳斯之手，看起来丝毫不比店里出售的差。他还独具匠心地在上面换上了开得正艳的玫瑰花，在绿色茎叶的衬托下显得很是好看。钟摆不知疲倦地摆动着，那声音陪伴亚纳斯度过了很多个不眠之夜。他对此无能为力，只能任由时间这么流逝。

他也曾经看过医生，可是医生的诊断并不乐观，他的手上甚至体内都布满了结节。嘉思汀对这种病很陌生，也正是这种神秘让她感到害怕。

亚纳斯蜡黄的脸斜靠在枕头上，习惯性地用完好的手指拉拽着床上垂下来的丝线材质的璎珞。

有一天，他透过窗户看到了迟钝的彼得得意地举着烟斗摇摇晃晃地走在田间，不禁发出惊异的感叹："那个家伙竟然还没死！他竟然还活得好好的呢！"

"是的亲爱的，他还好好地活着呢！"

嘉思汀一如既往地织着袜子，毛线球随着编织的动作在草篮子里跳跃着。那只篮子还是亚纳斯年轻的时候编制的呢，毛线球越来越小，长长的线在嘉思汀熟练的技巧下渐渐连成一片。嘉思汀戴着眼镜，神情认真，她的眼睛长期经受着厨房的油烟和木炭的熏烧，被损害得很严重，而且这间屋子很久都没打开过，里面都是臭味。

家里养的猫已经在火炉下面安了家，还生了一只小猫崽，也跟它的母亲似的，把火炉下面当作了自己的家。

亚纳斯最终还是在某一天永远地睡去了，他像往常一样头贴在枕上，不同的是换上了洁白的衬衣，杂乱的头发也梳理得整整齐齐。

他的墓地被安置在山上。

当地的小学老师拿着印刷好的追悼文，上面姓名栏和日期栏是空着的。他往里面填上亚纳斯的名字，然后把那张纸装裱在玻璃框里，挂在他们家里。追悼文上印着烦琐的图案，中间是正文：

母亲问父亲：
我们的孩子，

现在在何处？
父亲沉默一会儿，
用悲痛的语气答：
我们的儿子，
身在天国，
和神圣的主在一起，
我们身为父母！
就为曾经的那些美好回忆，
擦干你的泪水吧！
在我的身体上
擦干你的泪水吧！

每年都会有来自纽伦堡的流动商人，携带着许多日常用品，贩卖给当地的小学老师，他每次来的时间大约都是在蟾蜍开始鸣叫的时候，几乎没有过例外。

铁匠的家里这些年本就显得安静，最近更是静得仿佛没有人住似的。每次嘉思汀在厨房为自己和拉斯准备晚饭时，她都会情不自禁地流泪，而厨房大量的油烟让她的泪流得更凶了。

春天的时候，大女儿雪莉妮放弃工作回了家，她大概二十五岁了，个子很高，性子也很温柔，这使得她在工作的地方很受欢迎，但是她却不能再做那份工作了，她最近迅速地消瘦着，整日咳嗽不断，眼睛也异常的亮。

嘉思汀已经不年轻了，可是干起活来一点儿也不含糊。她快手快脚地收拾了一番，把雪莉妮安置在亚纳斯曾睡过的床上，上面的稻草还保留着被压过的痕迹。

在这张床上，消瘦而身材修长的雪莉妮，还不到一年，就追随着他的父亲，上了天堂。

雪莉妮躺在床上望着尼尔斯家的院子。她那可怜的母亲总是躲在厨房里哭泣，而她在床上时也会忍不住抹泪。她回望着自己的一生，正值韶华的年纪，生命将尽的时候却连一个爱她的人都不曾有过。雪莉妮的头发从中间分成两半，长长地散在胸前，一个教会中的女人曾经评价说雪莉妮斜靠在床头，像一幅画一样美丽。她经常过来探望这户人家，但是她却不怎么会说话，常常适得其反，让嘉思汀更加难过。

唱优美动听的小曲儿，可是这样美好的女孩子竟然要死了，每次客人离开，雪莉妮都会痛哭，为自己的不幸，为那即将到来的命运。

矮子史吉尼也曾看望过雪莉妮，为了舒缓她的心情，让她重新体会到大自然的味道，史吉尼还特意在竹篮子里装上了新鲜的桃子，那味道实在沁人心脾，新鲜的芳香混合着淡淡的苦味，还带着点石楠的酸味。雪莉妮虚弱地扯着嘴角，努力吃了两个桃子，那味道实在特别，仿佛让她回到了她无忧无虑的孩提时代，那是只有体会过的人才会有的特殊感受。但要注意的是，有一种极难辨认的虫子会混在桃子和叶子中间，如果一不小心吃进去了，就要马上吐出来，千万不能咽下去。

此时雪莉妮就感受到了那种味道，可还是直接咽了下去，然后靠着墙壁努力想入睡。她蜷缩着身体，不停地抽搐着。

矮子史吉尼自顾自地说着话，她说自己从雪莉妮出生就认得她了。这话不假，雪莉妮十来岁跟着成群的孩子们在田野间撒欢玩耍的时候，倒是常常碰到史吉尼。她往往是在采摘果子，准备拿去卖钱，那时候的她跟现在简直一模一样。

雪莉妮那天一直安静地睡着，尽管房子里很昏暗，可她似乎感觉不到，就那么穿着白天的衣服，袒露着后背睡着。

她费尽了力气，却只挨过了一个冬天，春天一到，她就跟着她的父亲去了。她被埋在她父亲的旁边，他们家里的墙壁上从此又多了一张印着追悼文的纸。

嘉思汀慢慢老去，但幸好身体还算硬朗，每当拉斯出门工作时，她就一个人做完田里的农活。她的二女儿卡莲也外出工作了。嘉思汀年纪大了，话也说不好了，不过还是明白基本的道理的，人们遇到村子里的大事都会找她拿主意。每次别人家有什么事，比如生孩子或是准备圣诞节的菜肴，她都会热心地过去帮忙。只要她身处煮猪煮牛的厨房，被热腾腾的蒸汽包围着，她就会得意忘形得什么都忘了，甚至会脱口而出一些下流话。她脚下踩着高跟的拖鞋，却能站得稳稳当当。

矮子史吉尼过了很多个生日，容颜却没怎么改变，但是可怜的嘉思汀却面临了新的打击。她的二女儿卡莲本来在嫁给车行老板后生活得很好，却在生第一个孩子的时候难产死掉了。嘉思汀见了女儿最后一面。

她只有拉斯了。拉斯长大了，已经二十七岁了，身体健壮，性子随和，这一点像他的父亲。

除了经营好那一小块土地，拉斯还有很多空余的时间，于是他还会出去工作，也攒下了不少的钱，拉斯的性格很好，在哪儿都很受欢迎。

春天时，他找到了一份挖泥炭的工作，他干得很出色，至今仍然保持着挖的数量最多的纪录。他力气也很大，不费什么力气就能推动三四辆泥炭车，这也跟他的性格有关。

可是嘉思汀却对拉斯的恋爱态度很是不满，他对待感情总是不认真，总是抱着玩玩儿的态度。他四处工作，认识了一个农家的缝衣女。

矮子史吉尼每天都喝得烂醉，嘉思汀每次见到史吉尼都会塞点儿钱给她来交换一些关于拉斯的情报。嘉思汀是很传统的农家女，她对孩子们的这桩感情并没有说什么。

拉斯和美黛在一起工作。

拉斯在一个早上负责叫醒熟睡的美黛，他静悄悄地走进卧室，看到美黛还在睡时，拉斯不禁偷笑了。他踮着脚尖尽量不发出声音，要知道他正穿着木底的长靴，这可不容易。他弯下身子，给了女孩一个吻，女孩突然惊醒了。

美黛马上坐起来，看向拉斯。

"该起床了！"拉斯一边温柔地说着，一边走出卧室。

一天黄昏，拉斯来到客厅，里面空荡荡的，只有美黛坐在桌边缝衣服，她的手柔美纤细，引得拉斯拉起一只温柔地摩挲着。

"我可以吻你吗？"他小声地问道。

"不行！不要！"

"让我们亲近点吧！"

"不要！"

"那你就只管接受好了？"他微喘地问。

美黛沉默着。

拉斯紧紧地握住美黛的手，吻向她的唇。

"瞧瞧，你让我吻了！"

美黛害羞地转过脸。

拉斯也是个绅士，在美黛没允许之前是绝不会强迫她的，在她默许了之后，他才有所动作。

美黛在接下来工作的时候一直面含微笑，神态动人。

可是几个月后，美黛却生下了其他男人的孩子。

这个打击让拉斯猛然醒悟，但他也并没有继续深究这件事，而其实没人知道他到底在想些什么。他和平时一样，并没有什么异常。时间匆匆而过，一晃几年又过去了。

春天又到了，从泥炭块的数量，拉斯才恍惚意识到时光的飞逝，时间就这么过了一天又一天，白天接着黑夜，黑夜过去又是白天，这一瞬间还是秋天，可是一眨眼夏天又悄悄来临了。迟钝的彼得又出现了，仍然高高地举着烟斗，神气十足地走在路上，美滋滋地喝着酒、唱着歌，完全沉醉在自己的世界里。

在一年的春天，迟钝的彼得又一次出现时，拉斯一只手的食指就开始僵硬了，那年冬天的时候，手指连接处的骨头就断了两根。可是他生性乐观，所以这些在他看来只是小事而已。他在情绪极高兴或是极伤心的时候都是不会让人看到的，通常这些时候他都会自己一个人躲在没有人的地方独自承受。

在那个整日阴雨不断的季节，拉斯在工作的时候得了感冒，他的症状很严重，声音都因此变得沙哑许多，甚至在炎热的夏天还戴着厚厚的围巾，可即便这样做，他的病情也没有丝毫缓解。到了秋天，拉斯咳嗽得更厉害了，有一天甚至咳出了血。这吓坏了嘉思汀，她的脸瞬间变得雪白，她手足无措地抓起一边的抹布，机械地把桌子擦了一遍又一遍。

之前母子两人的关系是相当好的，几乎从来没有拌过嘴吵过架，可是现在他们因为一点小事就能吵起来。嘉思汀年纪大了，总爱说些不着边际的傻话，还总爱发脾气，拉斯的情绪也不稳定，就会说出更难听更伤人的话来，气急了，他留下他可不愿意只做个拖油瓶这样的话，就直接离开了家。

拉斯变得少言寡语，一开口便是冷嘲热讽的言辞。

一个冬天又过去了，面对他人劝说他保重身体的好意，拉斯都不屑一顾。嘉思汀的眼泪流得更多了，也更加苍老了，她养成了每周到教会去的习惯，可是即便到了教会，她做的更多的也只是流泪罢了。

春天来到时，拉斯重拾挖泥炭的活计，可是挖炭数量已远比不上几年前了。他挖泥炭时常常皱着眉头，像在忍受着巨大的痛苦。

夏天时，他喝醉了两三次，甚至在赫多布家里工作的时候还和一些来自瑞典的年轻人打了起来，他们用用来割石楠树的长镰刀互相挑衅，最后还惊动了村长。拉斯这时候已经消瘦了许多，脸颊上满是金黄色的胡须。因为常年咳嗽，他呼吸急促，显得十分艰难。

在一个八月的傍晚，拉斯和嘉思汀坐在院子里。已经入秋了，空气中满是寂静和冷清，露水爬满了深绿色的草地。远处村庄的方向不时传来孩子们嬉戏打闹的声音，那声音像是正在玩捉迷藏。夜色渐渐笼罩下来，夕阳淡出地平线，只留下一道薄薄的残影挂在天边，显得分外凄凉，一只乌鸦飞过，发出凄厉的叫声。

拉斯坐在一块磨刀石上，抽着烟。他们都没有说话，尽管气氛看起来还算和谐，但是他们心中的不愉快却一点儿都没有淡化。

"我们进去吧，妈妈。"他的语气恢复了以前的温柔，不，也许比以前更加温柔。

"真的吗？"嘉思汀声音凄厉，突然大哭起来，倒了下去。

他们先后走回房间。拉斯在进门时犹豫了一下，看向屋檐，那里挂着亚纳斯最爱的工具，一切似乎都没有什么改变。

他们都没有说话，但却清楚地知道对方的想法。拉斯睡觉去了，嘉思汀则去了另一间屋子。

第二天早上，拉斯没能起床。一年半后，他也去世了。

拉斯在床上躺了很久，真的是很久，他像他的父亲和姐姐那样看着相同的景色。

夏天的时候，尼尔斯·耶布森家的院子粉刷上了白灰，两棵白杨树的翠绿色看起来分外显眼，可是某一天，白杨树变得光秃秃一片。

母牛悠闲地晃荡在田间，拉斯斜靠在床上，审视着这一切。调皮欢乐的孩子们四处跑着，因为想采摘对面的笔头菜，和母牛一起穿过稻田，到了对面。拉斯也曾见过一个拿着一只磨损得厉害的旧鞋子的孩子，如获至宝似的握着不放手；还看到过几个年轻的女孩子模仿着梦游的人的步伐，举着红色的碎片，迎着太阳走着。这些都是四月份发生的事了。

嘉思汀的背部弯得像一把弓，因为哭得太多，她的视力也下降得厉害。拉斯对待她时像是在对待一个小女孩一样。拉斯是极有忍耐力的，他一直强撑着活着，远远超过了一般人能活的长度。他的手原本结实有力，现在却变得干枯瘦弱，像少女的手一样纤细无力。他用这样的手指摆弄着从床上垂下来的流苏，把红蓝两色理得整齐又分明。

屋子里的钟还在认真地履行着自己的职责，但是因为内部零件的损坏，表针已经不走动了，所幸钟摆还是好的。拉斯要求让钟摆永远摇着，因为他只有在听着钟摆晃动的声音时，心里才能感受到一点点的平静。时间就是这样被分成小段，一点点流逝。也许对拉斯来说，钟摆摇动的声音能帮助他想起那些泥炭，那些他曾挖过的泥炭。

　　小孩子们也经常看望拉斯，这都是因为拉斯以前温柔的脾气，连路边的狗都喜欢他，更不用说孩子了。孩子们过来的时候，嘉思汀刚刚边擦着眼睛边从满是烟雾的厨房里走出来。孩子们在那间满是异味的房间里看着拉斯苍白却坚毅的脸庞。孩子们对于时间没什么概念，他们是意识不到时间的流逝的，他们常常过来探病，每次都会比较拉斯有没有比上次好些。

　　时间是不等人的，不经意间，很长一段时光就已经过去了。

　　拉斯最后的时光过得很痛苦，医生提议可以注射一些吗啡，但是拉斯却不赞成，他说想看看自己是不是有足够的毅力挺过那种剧痛。可是在他最后的几天里，拉斯痛得实在是受不了了，瘫倒在床上。嘉思汀用自己的身体支撑着儿子，她的心像被凌迟似的疼，不停地抹眼泪。

　　一天，嘉思汀把一支支燃烧着的蜡烛放在拉斯的嘴前，可是火焰却没受一点影响，直直地往上蹿，照在拉斯饱受折磨的脸颊上。拉斯还是死了，跟他父亲死在同一张床上，这张床是拉斯出生时躺着的床，也是嘉思汀的婚床。

　　拉斯也被埋葬在山上，那里已经树立了四个墓碑了。

　　一天，矮子史吉尼到山上去探望拉斯的墓，碰到了在草丛里游戏的孩子们。他们叫住史吉尼，围着她叽叽喳喳地询问自己想知道的事情。

"矮子史吉妮婆婆，你有自己的坟墓吗？"一个孩子这么问。

"怎么会没有呢？"她招呼着孩子们行走在草丛间，其间到处都是飞来飞去的蚊子。她喃喃地说，这种白色的草毫无差别地覆盖着每一座坟墓，像是老年人花白的头发。

矮子史吉尼突然发现了她母亲的坟墓，于是坐在坟前，她那因长期喝酒而湿润的眼睛更湿了。

"她死了多久了？"一个孩子天真地问。

"哦！应该有好几百年了吧！应该是这样的！"

矮子史吉尼的记忆已经不是她自己的了。她的人生完全虚度了，像个空壳似的，里面什么也没有，她在这漫长的一生里体会到的，只有深深的悲凉。

嘉思汀在拉斯死了半年后，卖掉一家人居住了多年的房子，用卖房子的钱在她的故乡——她弟弟的孩子生活的地方买了一处房产。

三十三年前，嘉思汀离开家，现在又重新回来。岁月留给她的只有弯得厉害的背。残酷的命运已经压垮了她，她现在觉得连开口说话都变得困难。她真的累了，那过去的三十三年像是一场梦魇，她独自一人上路，独自一人回来，没有得到一点回报。

在一个农家狂欢的晚上，年老的嘉思汀婆婆在一旁观看。这时，过往的记忆在眼前重现，像电影一样不停重播，她一个人离开家到另一个陌生的地方，最后白白耗费了生命而一无所获，她的一生除了满满的苦难，终究什么都没有留下。她"经历了太多事情"，她在生命的最后二十年中，都是疯疯癫癫的状态，混沌度日。

你当温柔，却有力量（波儿）

这个故事已经有些年头了，但是确实很值得讲，因为这本身就是一个有趣的故事。

蔺草工人西伦的女儿波儿，一个十九岁的女孩子，要嫁人了。可是她还没见过那个即将成为她丈夫的男人。说来这件事也不复杂，蔺草工人的堂兄在美国生活，他的儿子就是要和波儿结婚的人。这段姻缘多亏了别人的介绍和撮合。虽然过程中波儿的意见都被他们忽略了，可是就波儿来说，她心里是极满意这桩婚事的。她未来的丈夫叫贾斯·安塔逊，虽然只有一张照片，可也能看出那是个英俊的小伙子，而且他的名字虽然奇怪，波儿反而觉得亲切，如果换成丹麦语，应该是念作"卡尔"。他的出生地是她的家乡，这让波儿觉得两人的距离更近了。他是个十足的有钱人，在美国的布拉斯加是五千万平方公里土地的主人，这可不得了，绝对是富豪中的富豪了。两户人家对这桩婚事都很热心，谁也想不到波儿竟成了最终的幸运儿。她每天都会看看那张她唯一拥有的由专业摄影师拍摄的照片，照片下面印满了外文。照片中的人五官端正，衣着正式，特意露出雪白的衣领，头发也梳得整整齐齐，就外貌而言，他长得更像波儿的伯父约文。可是这么个优秀又富有的外国人，即将成为她的丈夫，波儿对此总是感觉不真实，感觉自己配不上他，或者如果他不要求她每天都说"我爱你"之类的话，那就更完美了……

"啊！我实在是很怕那个人！"波儿每天想象着这一切，突然又有点儿害怕。她觉得这时自己总该有点反应，或者吓得跳起来，或者笑得直不起腰。但是，毕竟她才十九岁，最后所有的情绪都变成了害羞，跟自己生起了闷气。为了发泄，她取下脖子上的珍珠链子，砸在家里那条老狗身上。狗气得大叫却又不敢反抗，只得愤愤地跑开了。波儿小时候很爱采摘新开的花朵，可是她长大了，再做这样的事情就不怎么合适了。她一个人待在牛舍里，跟牛交谈，唱歌给它听，可是老牛根本不搭理她，兀自踱着步走到里间去了。无聊的时候，波儿还会拿食物来进行模拟游戏，假装面包和蔬菜是护卫的骑兵；有时候又把面团揉成小丸子吸引苍蝇自投罗网；有时候还会围上围巾扮成老婆婆，学老婆婆絮絮叨叨地讲话。这种种迹象都表明，波儿陷入了恋爱中。

波儿是家里唯一的女儿，她的母亲死得早，其他的孩子都早早出门工作了。他们的屋子也相对独立，跟周围其他的房子隔得很远。家里没什么活儿，只需要照顾好老母牛和自己的老父亲。波儿的时间充裕，就会不自主地陷入对日后婚姻生活的幻想。距离婚期还有四个月呢，不，只剩四个月了，明天结婚就好了，不，还是缓缓好了——"怎么办，怎么办？我心里怕得很！"

波儿对结婚感到恐惧，每每想到都会心跳加速，心怦怦地跳，像要从胸腔里跳出来似的。她不停地思考怎样才能让那个远在美国的男人迷上自己，可是波儿越想越觉得自卑，她没什么钱，似乎也没什么值得称道的地方。波儿怎么想也想不出自己有什么好，她越想越生气，往往会扔掉手中的物品发泄。她大口地喘着气，继续想着，可又突然觉得这样的自己很可笑：想这些又有什么意义呢？她就像是被交易的猪肉一样。是的，从她的体重来看，这个比喻可一点都不过分。波儿越想越纠结，一边兴奋着，一边又觉得伤心。她每想到自己的体重，就觉得空气都呼吸得不顺畅了，她太胖了，堪比飞雅女巨人了，这实在是女人的悲哀。

波儿力气很大，没有她举不起来的东西，她就像一个女巨人，里面装上了母马的心脏。她的四肢强壮有力，背上也都是强健的肌肉，她只要张开双腿，再用点儿力气，一百公斤的黑麦袋子在波儿的眼里根本就不算什么，不费力气就能扛起来。可是她现在却为自己的这种能力而深深地自卑，不，还要更不幸，因为她连一头牛都能举得起来，她自己曾经自虐一般地试过，好像是想知道自己还能再怎样不堪。这样的事自己最清楚，这让波儿更加绝望了，女孩子怎么能跟大力士扯上关系呢？可事实是，她不只力气，就连身材也像个大力士：她身材粗壮，腰圆膀粗的，很是壮观。她对自己的身材深以为耻，也从来不期望会遇见爱情，因为她自己也清楚爱情对她来说太过奢侈。现在她头疼的是，这样浑身缺点的她，要怎么面对新郎？

除了这件事，波儿还操心另一件事，那件事源于一种观念。波儿一直担心自己会在婚礼上失礼，万一在教会圣洁的圣坛前哭不出来，这该怎么办？波儿苦恼极了。"我哭不出来的！"波儿绝望地想，这种事情可不是人能把握的。可是如果到时候哭不出来，那该多丢人哪！波儿性格坚强，从不轻易流泪，可是到时候观礼的人们会怎么想？丈夫会怎么想？波儿想着这些，急得哭起来。她始终无法乐观，总是操心各种事情，担心婚礼，也担心婚后的生活。那几个月，可怜的波儿就在惶惶中度日，心里没一刻是轻松的。蔺草工人西伦看着这样的女儿直摇头，他也不知道事情会怎么发展，整日苦恼地思索着，他也跟着女儿烦恼着，整日焦躁地踱步，脸上的神色青一阵紫一阵，压根平静不下来。

　　四个月就这么过去了，婚礼前两天，贾斯·安塔逊终于出现了。他竟然只有一只眼睛，那张照片太有欺骗性了，只拍下了他的侧面，完美地隐藏了他的另一只坏眼。整体上看也没有照片上潇洒，但又比一般的农民好一些，年纪不老也不年轻，脸上的表情始终沉郁，而且看起来似乎是个有钱的吝啬鬼。他的丹麦话和英语说得都不好，张嘴只是为了炫耀自己满嘴的金牙，而不是为了对人微笑。他是搭火车过来的。他的毛发很茂盛，像穿了一件毛大衣似的，还像一只直立走路的黑熊。当时正是四月的天气，暖和得很，大伙儿就想拿这个开他的玩笑，他们计划了很久，还加入了一些新花样，可还没来得及执行，这个计划就宣告失败了。贾斯·安塔逊在来之前就考虑好了，事先寄了一张明信片过来询问了摩荷姆牧场的价钱，口气很是傲慢，人们都在猜想也许他会买下这个农场——农场的价值将近三十万美金，这对他们来说可是一笔巨大的收入。贾斯是有钱人，有钱人挥挥手让市井小民走开，那除了照做，是没有其他办法的。贾斯·安塔逊看了农场，可是最终却没有购买，这让人们很是失望。

　　他只待了一周，可是却不近人情。他小时候交往过的那些人想跟他亲近，可他身上带着些富人的傲气，直逼得旁人不敢接近他，只能拘谨地从侧面行礼。他们小心翼翼地叫了他的丹麦名字"卡尔"，这是原来当他赶羊的时候，人们一叫他就会答应的名字，可是现在他对这个名字没什么反应。他对待儿时的玩伴也是冷冷的，总是面无表情地看着别人，一句话都懒得说。他除了拜访了一下自己的本家，整日里就只待在家里哪里都不去，这让那些想趁机捞便宜的人失望透顶。

等到安塔逊夫妇离开后，人们都在想为什么他会对自己家乡的人们这么冷淡。是因为没有为他造一座凯旋门吗？应该是这样的，唉，早知道的话就……贾斯走后，人们还一直处在后悔中，他们原本以为可以借助他发财的，可是这个好机会却被他们自己毁了。

人们都不清楚怎么才能让贾斯开心，好从他的口袋里掏出点钱来，可事实上，没有人能从贾斯手中要到钱，他在当地的一个星期里的所有花费不超过五克罗尼，人们认清了这个事实后都失望极了，可是贾斯再也不会来了。

这是完全合理的。

至于波儿呢，从他到达这片土地，到他决定出发开始航行，他只是给了波儿一个冷淡的眼神。临走的时候，波儿看了自己故乡最后一眼。他们后来怎么样了呢？波儿很努力地想缓和两人之间的关系，但就像她之前担心的那样，贾斯一直对她说爱，可是她却觉得自己是配不上的，"我不配我不配"，这样的声音响在波儿的心中。可是她很好地隐藏了这样的心情，控制住了自己的舌头，她跟自己的美国丈夫说着甜蜜的情话而丝毫没有暴露自己的缺点，她也曾想过永远不开口说话，这样贾斯就永远不会察觉了。

波儿把她大力士的本事藏得很好，贾斯·安塔逊永远不会发现，这件事就成了波儿自己的秘密。

波儿之前所担心的怕在婚礼上哭不出来的事情也顺利解决了。牧师问完话，在她回答了"是的"之后，泪水就止不住地流了下来。

附录一　延森年表

1873年　1月20日，延森在丹麦日德兰半岛西岸的希默兰镇出
　　　　生，父亲是位兽医，母亲是农民。但母亲善于讲故事，
　　　　她给童年的延森讲了不少希默兰一带的趣闻逸事，为
　　　　他日后的创作提供了许多极好的素材。

1890年　十七岁的延森来到格陵兰的教会学校上高中。

1893年　到了哥本哈根读大学。在那里，结识了勃兰兑斯等丹
　　　　麦著名学者和作家。

1895年　延森在《拉夫恩》周刊上刊登了他的第一部长篇惊险
　　　　小说《卡塞亚的宝物》，之后又相继发表了《亚利桑那
　　　　血祭》等三部以谋杀案为主题的惊险小说。

1896年　他又出版了长篇小说《丹麦人》，这部小说是根据他学
　　　　生时代的生活写的。此后，延森成了一名职业作家，
　　　　开始了国外之旅，先后到过美国、法国、西班牙、新
　　　　加坡、埃及、巴勒斯坦等地，还到过中国的上海和汉口。

1898 年　小说《艾纳·耶尔克亚》出版。

$\dfrac{1898}{1910}$ 年　他陆陆续续把《希默兰的故事》创作完，于 1952 年发行第十一版。这部书共有三卷 34 篇，第一卷是《希默兰人》，第二卷是《新希默兰的故事》，第三卷是《希默兰的故事》。这是一部以日德兰半岛北部故乡风光人物为背景，把延森小时候听到过的各种故事和逸闻进行文学加工而写成的短篇故事集。

1899 年　出版了《悲叹》《消失的森林》和《路易逊》三篇短篇小说。

$\dfrac{1900}{1901}$ 年　他又陆续发表了历史小说《国王的失落》三部曲，三部曲分别是《春之死》《巨大的夏日》和《冬》。

1901 年　结集《波里奇肯报》与《社会民主报》的连载作品，出版了《哥帝斯克时代的复兴》。

1903 年　出版散文《法耶斯教会》。

1904 年　出版小说《德拉夫人》和戏剧《歌姬》。《德拉夫人》被誉为"丹麦近代最佳小说""丹麦的《浮士德》"。

1905 年　出版《德拉夫人》的续篇《车轮》。这两部小说都是根据延森两度到美国旅行的见闻所写的，以 20 世纪初的美国为背景，充满了讽刺、滑稽与悲剧色彩，较深奥难懂。

$\dfrac{1906}{1944}$ 年　出版了《神话》，它是发表在《普利逊日报》上的连载简洁散文，共九册 150 篇，分上、下两部。第一部是《神话一一五》，第二部是《神话新丛书》。

1907 年　出版了《新世界》，主要讲述的是北欧农村的文化。

$\dfrac{1907}{1915}$ 年　陆续发表了《异国短篇集》，其中有新加坡故事三篇，分别是《工人、阿拉贝达与母亲》《小阿哈斯韦尔斯》和《奥莉薇亚·玛丽亚妮》。

$\dfrac{1908}{1922}$ 年　延森陆续发表了六部长篇小说，分别是《冰河》《船》《失去的天国》《诺亚尼·葛斯特》《奇姆利人远征》《哥伦布》。由于它们都是叙述人类进化过程和表现达尔文的进化论观点，延森把它们汇编成一部巨著，名为《漫长的旅行》。

1908 年　出版了描写冰河时代猿人的神话的《冰河》，主要是以挑战为主题，它是《漫长的旅程》中的第一部。

1911 年　出版了《北欧神祇》，主要讲述了斯堪的纳维亚地区的神话故事。

1912 年　出版了散文《吉卜林论》，并出版了以孩子的口吻写的小说——《船》，这部小说是采用丹麦古代英雄史诗"萨迦"风格而作的，讲述的是北欧海盗时代海盗集团的活动，是《漫长的旅程》的第二部。

$\dfrac{1915}{1916}$ 年　期间，发表了散文《现代的序说》。

1915 年　发表了《奥莉薇亚·玛丽亚妮》，后被收入在了《异国短篇集》中。

1919 年　出版了《漫长的旅程》中的第三部——《失去的天国》，主要描写冰河时期以前的人类，记叙了瑞典的原始森林如何被火山毁灭。同时，还出版了《漫长的旅程》

中的第四部——《诺亚尼·葛斯特》，这本书的名字是以书中的一个英雄的名字而命名，描写了丹麦母权社会时代的人们如何从原始野蛮的群婚风俗向文明过渡。

1921年　出版了《漫长的旅程》的最后一部——《哥伦布》。

1922年　出版《漫长的旅程》的第五部——《奇姆利人远征》。至此，《漫长的旅程》的六部作品全部出版。

1923年　出版了《漫长的旅程》的后记——《美学与进化》。

1925年　发表了散文集——《进化与伦理》，共有散文9篇。

1927年　出版了散文《动物的蜕变》。

1928年　出版了《精神的目标》，它讲述了一种散文式的全新的理论。

1930年　《时代的动向》出版，主要把1925年以来的见闻收录其中。

1931年　发表了诗歌《日德兰之风》和记叙夏日观赏丹麦遗迹的《漫步于丹麦街道》。

1935年　小说《鲁诺博士的诱惑》出版。

1936年　发表了描写哥本哈根女性的小说——《库兹隆》。

1937年　发表了《复活节的水浴》，主要把1931年以来创作的诗歌收录其中。之后，又出版了《描绘日德兰人民生活的画家》，它把对一些画家，如米开尔、印卡、汉斯等人的散文介绍整理成册。戏剧《搭多塞·北京的婚礼》出版。

1938年　他把《漫长的旅行》的六部小说整理成两册，并出版了描写雕刻家托瓦巴森的《托瓦巴森》。

1939年　出版了《北国之途》。其中主要讲述了挪威大自然的灵感问题。

1940 年　《散文选集》出版。

1941 年　出版《我们的起源》。

1943 年　发表了专题论述——《语言与教育》，还发表了散文《萨加时代的女性》。同时，还把从 1939 年以来发表在《波里奇肯报》上的年代记整理成册，汇报成《东方诸民族的生态》。

1944 年　延森因为《漫长的旅行》六部曲而获得了诺贝尔文学奖，他成了第二次世界大战后恢复颁奖的第一位获奖者。

1949 年　出版了专题论述《丹麦的交通工具》和记叙 19 世纪的探险和旅行的《非洲》。

1950 年　《史威福特与欧伦施莱厄》出版。这本书把这两位作家发表在《波里奇肯报》的五篇小说也收录其中。

1950 年　11 月 25 日，延森在丹麦首都哥本哈根逝世。他的一生文学成就极大，他的小说、诗歌和散文被誉为“丹麦文坛的三绝”，同时延森还被誉为“丹麦语言的革新大师”。

附录二　诺贝尔文学奖大系书目

1901 年　　苏利·普吕多姆（法国）《孤独与沉思》

1902 年　　特奥多尔·蒙森（德国）《罗马史》

1903 年　　比昂斯滕·比昂松（挪威）《挑战的手套》

1904 年　　何塞·埃切加赖（西班牙）《伟大的牵线人》

1904 年　　弗雷德里克·米斯特拉尔（法国）《米赫尔》

1905 年　　亨利克·显克微支（波兰）《你往何处去》

1906 年　　乔苏埃·卡尔杜齐（意大利）《青春的诗》

1907 年　　拉迪亚德·吉卜林（英国）《丛林故事》

1908 年　　鲁道夫·奥伊肯（德国）《人生的意义与价值》

1909 年　　拉格洛夫（瑞典）《尼尔斯骑鹅旅行记》

1910 年　　保尔·海泽（德国）《骄傲的姑娘》

1911 年　　梅特林克（比利时）《青鸟》

1912 年　　霍普特曼（德国）《织工》

1913 年　　泰戈尔（印度）《新月集·飞鸟集》

1915 年　　罗曼·罗兰（法国）《约翰·克利斯朵夫》

1916 年　　海顿斯坦姆（瑞典）《查理国王的人马》

1917 年　　彭托皮丹（丹麦）《天国》

1917 年　　耶勒鲁普（丹麦）《明娜》

1919 年　　卡尔·施皮特勒（瑞士）《伊玛果》

1920 年　　汉姆生（挪威）《大地的成长》

1921 年　　法朗士（法国）《泰绮思》

1922 年　　贝纳文特（西班牙）《不该爱的女人》

1923 年	叶芝（爱尔兰）《当你老了》
1924 年	莱蒙特（波兰）《农夫》
1925 年	萧伯纳（爱尔兰）《圣女贞德》
1926 年	黛莱达（意大利）《邪恶之路》
1927 年	亨利·柏格森（法国）《创造进化论》
1928 年	温塞特（挪威）《新娘·女主人·十字架》
1929 年	托马斯·曼（德国）《布登勃洛克一家》
1930 年	辛克莱·刘易斯（美国）《巴比特》
1931 年	埃里克·卡尔费尔德（瑞典）《荒原与爱情》
1932 年	约翰·高尔斯华绥（英国）《福尔赛世家》
1933 年	伊凡·亚历克塞维奇·蒲宁（俄罗斯）《阿尔谢尼耶夫的一生》
1934 年	路易吉·皮兰德娄（意大利）《六个寻找剧作家的角色》
1936 年	尤金·奥尼尔（美国）《进入黑夜的漫长旅程》
1937 年	马丁·杜·加尔（法国）《蒂博一家》
1944 年	约翰内斯·延森（丹麦）《希默兰的故事》
1945 年	加夫列拉·米斯特拉尔（智利）《葡萄压榨机》
1946 年	赫尔曼·黑塞（瑞士）《荒原狼》
1947 年	安德烈·纪德（法国）《窄门》
1949 年	威廉·福克纳（美国）《喧哗与骚动》
1954 年	海明威（美国）《永别了，武器》
1956 年	希梅内斯（西班牙）《小毛驴与我》
1957 年	加缪（法国）《局外人》
1958 年	帕斯捷尔纳克（苏联）《日瓦戈医生》